완벽한 개업 축하 시

# 완벽한 개업 축하 시

**강보원 시집**

민음의 시 284

민음사

슬프지 않아도 괜찮으면요

2021년 5월
강보원

# 차례

1부

# 클라리넷 연주법

스펀지밥은 바다 속에 살았네 징징이는 스펀지밥의 이
웃이었네 — 아니다 징징이는 스펀지밥의 이웃이고 클라리
넷을 분다 징징이의 클라리넷을 부는 방법은 다음과 같다:
사람이라면 낙지처럼 손가락을 모으고(낙지는 손가락이 없
으므로) 손등을 구부려 손 전체를 클라리넷을 감아 쥔 낙
지의 촉수처럼 만든다 그리고 입술을 쭉 내밀고 클라리넷
을 부는 것처럼 양손을 입술의 앞쪽에 위치시킨 뒤 박자
에 맞춰 들썩인다 소리는 나지 않습니다 하지만 징징이 클
라리넷 보이지 않게 양발의 뒤꿈치를 붙이고 앞꿈치를 까
닥거려도 좋다(낙지가 서 있는 방식이므로) 나는 종종 징징
이 클라리넷을 불곤 한다 효용은 바다 속에 잠긴 기분 짭
짤한 소금 맛 내게 팔과 다리 두 개 정도씩 부족하다는 감
각 그리움 징징 클라리넷을 연주해 줘 징징 클라리넷을 연
주해 줘 징징

# 눈이 내리고 고양이가 울부짖는 새벽

등나무 밑 벤치였다
　　　사장은 키가 작고 퉁퉁한 몸에 허리가 굽었는데
　　　혼자 흥얼거리고 아침잠이 많다 잘 오질 않는다
날도 추운데
나는 오늘 사장이 안 와서 가게가 망하면 뭐가 될까
생각했다 그러고 보니 세탁기에서 빨래 꺼내는 것도
깜빡했고
내일은
내일　은
문구점 주인
분식집 주인
철물점 주인
나는 등나무 벤치에 검은 목 토시를 두르고 앉아 있었다
나는 이 목 토시를 아주 좋아해서 늘 차고 다닌다
당연히
사장은 나타나지 않았다
내 옷들이 다 마를 거야 내 빨래가 마를 거야
내 옷들이 다 마를 서야 입술이 틀 거야
그렇지만 내 옷이 아직 마르지 않았다면

나는 하룻밤을 더 자야 하겠지 하룻밤이 지나면
버스 기사
흰 냄비
흰 족제비
뭐가 좋을까? 나는 생각했다 눈이 내리고 고양이들이
울부짖는 새벽에
멀리서 걸어오는 사장이 보였다 말도 안 걸었는데 혼자
손을 흔들며 뭐라 뭐라
큰 소리로 대답을 한다
어, 그래,
근데 이게 무슨 소리야?

# 나무 인간을 만난 영화 애호가의 일생

그가 처음 나무 인간을 만난 건 중국의 어느 호텔 방
에서
그가 혼자 있을 때였다
그다음은 한강의 공원 잔디밭에서였고
그다음은 남자들이 주먹다짐을 하는 술집 문 앞이었다
그다음은 자취방의 침대 위
그다음은 롯데 백화점 4층 남성 의류 코너에서였고
그다음은 이니스프리에서
그다음은 자취방의 침대 위
그다음은 자취방의 침대 위
그다음은 영화 「쥐잡이」를 보고 난 후 영화관 밖에서
그는 그것을 기억하는데, 왜냐면,
나무 인간이 "이 영화 정말 좋지 않아요? 아이가 감아
놓은 흰 커튼이 혼자 스르륵 풀리는 장면에서 나도 모르게
잎사귀를 떨어뜨렸어요." 하고 말을 걸어왔기 때문이고
그다음은 서울숲 근처의 아파트 단지에서
그다음은 담양 시내
그다음은 시골에 있는 작은 박물관 후문 으슥한 곳이
었고

그다음은 석류나무 옆

그다음은 친구 집의 안락한 자주색 소파에서

그다음은 자취방의 침대 위

그다음은 자취방의 침대 위…… 그것이

마지막이었다; 나무 인간이 떠난 뒤로 그가 처음 한 일은

나무 인간을 생각하며 자취방의 침대 위에 누워 있기

였고

그다음은 의자에 앉아 있기

그다음은 물 마시기

그다음은 영화「성냥공장 소녀」를 보고 감상문 쓰기

그다음은 창문 쳐다보기

그다음은 나무 인간 생각하기

그다음은 돌멩이 줍기

……

그다음은 자신의 자주색 소파 위에서 물 마시기

그다음은 자신의 자주색 소파 위에서 물 마시기

그다음은 자신의 자주색 소파 위에서 물 마시기

였다

## 너무 헛기침이 많은 노배우의 일생

그는 아침이면 오렌지 주스를 갈아 먹었고, 소년일 때 셰익스피어를 읽었고, 침대에서 뒤척이고, 방과 후에 친구들과 탁구를 쳤고, 아침이면 오렌지 주스를 갈아 먹었고, 등산을 하고, 바다 냄새가 싫다고 말하고 다녔으며, 유진 오닐을 읽으려고 결심했고, 영어 학원에 다녔고, 아침이면 오렌지 주스를 갈아 먹었고, 가고 싶은 대학교 캠퍼스에 혼자 찾아가 산책을 해 봤으며, 여자에게 고백하고, 아파트 뒷골목에서 깡패에게 돈을 뜯기고, 아침이면 오렌지 주스를 갈아 먹었고, 버스 노선을 따라 집에 터덜터덜 돌아왔으며, 집에 돌아올 때 맥주를 사 들고 왔고, 유진 오닐을 읽으려고 다시 결심했고, 손톱을 깎고, 아침이면 오렌지 주스를 갈아 먹었고, 외젠 이오네스코를 읽었고, 여자와 헤어졌으며, 미용실에서 머리를 자르고, 유진 오닐을 읽으려고 다시 결심했고, 죽고 싶다고 말하고, 유진 오닐을 읽었고, 아침이면 오렌지 주스를 갈아 먹었고, 기르던 개를 잃어버렸으며, 결심했고, 불평했고, 울었고, 웃었고, 잠잤고, 달렸고, 멈췄고,

밀걸레의

파란
나무 막대
를 좋아
한다

주택 청약을 넣었지만 입주하는 데에 번번이 실패했다
아버지가 암에 걸려 죽었으나 장례식에는 가지 않았다

그는
양철 냄비
토스트를
좋아하고
오트밀

축구를 할 땐 오른쪽 풀백에서 가장 잘 활약하곤 했다
관념적인 구석이 있어서 자주 엉뚱한 결론에 다다랐다

시금치
물론

오렌지 주스 등을

즐겨

먹는다


그는 이제　　　산책을 나갔다 그러니까　　　　　그는
지금 여기　　　없다　　우리는 그가　　가고 없는
집에서 이런　　저런 물건들을　살펴보고　　　　만져
볼 수 있다　　　그가 사과를　　깎은 과도를 들었다가
그의 입술　　　자국이 남은　　물컵을 내려놓는 식
으로　　그의　　집은 침실　　하나와 작업실 하나
이렇게 방이　두 개 있고　작은　　　　거실이
하나　　있는 아담하고　평범한　　　　　　집이다
그는 종이　　신문을 읽지　　않는다 그가 읽던
책 몇 권이　　책상에 올려져 있다　　　　그가
어디로　산책을　　갔는지 여기서　　　　알기
는　　어렵다 그러나 우리의 탐구　방법
은 그러니까　우리가　　　그를 알기 위해
기울이는　　　노력은 그가　　　　없기
에　비로소　가능한　　　것이다

불연속과                    구조가              중요하다      이
둘은 서로         모순되는 두 요소인데      그 말은
둘이 함께         있을 때만 무슨 의미가     있다는    뜻이
다                 가령 그와 그가 없는
그의    집이 서로에게 의존하고 있으며 바로              그
사실로부터만              우리가 그를 알아갈 수 있는
         것처럼 말이다    그렇지만                    아직
풀리지   않은 의문이     하나    있다 그 의문은 무엇
일까?


  그가

  좋아하는

  속담

  하나

  아 다르고

  어

  다르다


  월급은 변변치 않았으나 학원에서 일한 적도 있었다

계단 청소를 한 적도 있었는데 꽤 많은 돈을 벌었다

왜냐하면
아와
어는
원래
다르기 때문
이다

운전면허를 따기 위해 따로 학원을 다닐 필요는 없었다
오리가 자라서 고양이가 됐던 꿈에서 궁금한 게 있었다

그
의문은
이렇다
그는
왜
그렇게나
오렌지 주스를

좋아

했을까?

# 비품 보관 요령

바보 두 명. 잠수함. 아니 우주선, 아니 아니 아니
잠수함.

사물함과 옷장이 두 개씩 나란히 있다.

2인용 살롱 같다 함장은 바나나를 좋아하고 나는 도무지
입에 붙질 않는데 테이블에 바나나를 걸어 두는 이유나
좀 알고 싶었다.

함장이 꼭 둘이 같이 움직이자고 해서 샤워할 때 같이
가고, 바나나 샐러드 먹을 때도 같이 갔다. 함장은 불안해
서 자꾸 같은 걸 물었다. 봐 봐. 잠수함에 타기로 한 거 잘
한 거 맞지? 그래 맞아. 우리 바다 깊숙이 들어가고 있는
거 맞지? 그래 맞아. 그런데 왜 우주로 가고 있는 거 같지,
이거 우주선인가? 아니 잠수함 맞아. 아니 아니 이거 우주
선 아냐? 아니 아니 잠수함 맞아. 아니 아니 아니 진짜 이
거 우주선 아냐? 아니 아니 아니 이거 잠수함이라니까. 그
럼 바나나 샐러드 좀 먹고 오자. 샤워 좀 하고 오자. 그런
데 이거 바다 밑으로 가는 거 맞아? 아니 왜 물고기가 없
어. 아니 아니 아니…… 우리는 옷을 갈아입는다. 사물함이
붙어 있어서 옷을 갈아입을 때 함장은 내 침대에 걸터앉아
야 한다. 함장님. 저도 마취제가 필요해요.

있겠지.

물고기들 산호들 바다 돌멩이들 미끄러지는

오징어 두 마리…… 투명하다. 속이 다 보이는데

흐느적거리면서

춤추는 것 같아.

오징어 맞나 아니 오징어가 아닌가 오징어인가.

마취

"우주선 같아."

형광등

빛 아래 테이블에는 샐러드용 바나나가 걸려 있고

작은 쪽지가 있다.

"바나나를 걸어서 보관하면 쉽게 멍들지 않아

바나나를 보다 신선하게 보관할 수 있습니다."

이런 것들,

바보 함장 바보 선원 속옷들과 세면 바구니

싱크대 샐러드용 칼 또 바닥으로 가는 잠수함

# 영화 애호가를 만난 나무 인간의 일생

나무 인간은 늘 어질러진 방을 정리하려고 한다
방을 정리하려면 고요와 체념과 적막과 평화가 필요하다
나무 인간은 머리에 망을 두르고 두건을 쓰고 베이지색
고무장갑을 끼고 방구석의 벌집을 옮긴다
나무 인간에게는 언제나 해야 할 일이 있다 붕붕
나무 인간은 붕붕거리는 소리를 듣는다; 뭔가를 해야 한
다면 해야 한다 해야 한다면 한다
그릇이 쌓였어 설거지가 밀렸어 바닥을 닦아야지
나무 인간이 정리해야 할 물건들이 얼마나 많을까?
나무 인간의 잎사귀들만큼이나 많다 나무 인간의 생각들
벌집을 지어 주지 않으면 벌들이 내 가지에 집을 지을
거야
나무 인간은 다람쥐와 햇볕
자전거와 지렁이가 무섭고
나무 인간은 어느 날엔가 시끄러운 영화를 보기도 했다
나무 인간은 한 소음에서 다른 소음으로밖에 도망칠 수
없었다
나무 인간의 방바닥에 빨래들이 널브러져 있었다
나무 인간은 생각했다: "나는 바구니 달린 자전거를 타

고 진흙 길을 지나온 거야"

　벌들은 집을 짓는다 나무 인간은 집을 짓고 싶지 않다

　붕붕거리는 소리가 들린다 하지만 이제 더 새로운 가지
가 자라나는 일은 없을 것, 이라고 막연히 짐작하며

　나무 인간은 비누와 수세미를 잠들 듯이 집어 들었다

# 잘 만져 본 내일

표지판들. 구불구불한 길들. 앰뷸런스가
마을을 지나치고 마을이 점점 멀어진다.
까마귀가 날고
컨테이너와 비닐하우스와 버려진 음식점 주차장의 빨간
티코.
감기 몸살…… 나무 인간이 말했다.
몸에 무리가 가지 않는 적절한 치료를 위해서는
먹구름과 비-여름이 필수적입니다.
나는 아무 말도 하지 않았다. 앰뷸런스에 직접 타 보면
환자가 타는 뒤칸에 쿠션이 없어
차체가 받는 충격을 거의
흡수해 주지 않는다는 걸 알 수 있다.
감기 몸살은 기본적으로 나쁜 도시 때문에 발병합니다.
병원에 가기 위해서는 나쁜 도시를 벗어나야 합니다.
나무 인간이 계속 말했다.
나는 체온을 표시하는 것 같은 기계에 연결된 화면의
빨간 글씨가
빨간 불빛을 벽에 비추는 것을 봤다. 14.8도……
체온을 재는 기계가 아무 몸에도 연결되지 않고 허공의

온도를 재고 있는 모양이다.

나는 앰뷸런스를 타고 아직 먹구름이 낀 땅으로 갔다.

나는 앰뷸런스를 타고 아직 여름이 오지 않은 땅으로
갔다.

병원에 도착했을 때

구석의 작고 허름한 천막에서 의사 가운을 입고 나온 건
나무 인간이었다.

나무 인간은 집 정리를 깔끔히 할 것을 추천해 주었다.

물론 이사를 하는 게 제일

좋고……

그리고 다시 주차장, (돌아오는 길에도 빨간

티코를 봤다.)

출발할 때와 마찬가지로 구름 없는 밤. 푹푹 찌는 여름.

조명들.

검게 굳은 몸과 차와 마음들…… 이것들을 다 넣어 두
려면

더 많은 창고

더 많은 다락방

그리고 훨씬 더 많은 장롱들이

필요할

것

같았다.

.

# 포도나무 기르기 수업

또 다시 학교였다

이번에 새롭게 바뀐 규정에 의거하여…… 여러분을
집에 돌려보내지 않기로 했습니다

여러분들과 마찬가지로 저도 안타깝

그래

　포도밭에 옹기종기 모여 포도나무 뿌리를 두드리는데
똑같은 옷을 입은 사람들이 많다. 똑같은 옷을 입었는데
다들 얼굴이 달라서 신기하다. 입술이 두껍고 무슨 어부
처럼 생긴 애. 눈이 찢어지고 볼에 장난기가 많은 애. 포도
알갱이를 몇 개나 따야 집에 돌아갈 수 있으려나. 야. 나 오
늘 이거 다 꿰매고 아이스크림 사 먹을 거야. 발치에 모종
삽을 던져 두고 장갑 열 손가락을 꿰매던 애가 말한다. 그
래. 실습이 끝나면 교실로 돌아가 이론 수업을 한다. 우리
는 포도나무가 자라기에 알맞은 계절, 알맞은 습도, 흙의
알맞은 부드러움의 정도, 포도나무가 좋아하는 노래와 노

래를 잘 부르기에 알맞은 호흡법을 배우고 후 하 후 하 리
듬에 맞추어 숨을 쉬어 본다. 고음이 안 되는 애는 잠을
안 재운다.

  정원사가 될 것도 아닌데 이런 걸 시켜. 그런데 포도나
무 기르는 게 정원사 맞아?

  나는 잠이 많은 편이라 목이 터져라 발성 연습을 하는
동안 아이스크림이 녹는 몇 번의 여름이 지나고 또 다시

  지루한 알약들
  미친
  구름들
  이민 가는 참새들…… 어느 날은
  편하게 잠 좀 자자고 이 모든 짓을 매일
  반복하는 것에 지쳐 버렸다
  애초에
  나무가 노래를 들을 수 있는 건가?
  나는 포도를 좋아하지도 않아

싫어해

심지어 노래도……

그래

그걸로

끝이었다

밀린 방세 때문에 돌아갈 집은 애저녁에 없어졌고

어떻게 다시 집을 구할 수 있을지 모르겠지만

더 이상 교장의 분홍색 셔츠를 보지 않아도 되는 건

좋았다

후 하 후 하

이제부터는 아무것도 돌이킬 수가 없을 것이다

그래도

포도나무가 자랐지

다시 볼

일은

없겠지만

# 짙은 안개가 낀 밤의 숲

그는 녹색 텐트에서 잔다 몸을 눕히려면 텐트 안에 꽉 들어찬 물건들을 한쪽으로 치워야 해 그릇, 종이컵, 비디오테이프, 검게 탄 냄비, 미래, 청소 도구, 고무지우개, 책상 밑에 의자 밑에 침대 밑에 머리카락이 떨어져 있는 거실 바닥, 그는 집도 있고 집에는 침대도 있고 침대는 푹신푹신한데 물건들을 한쪽으로 치우고 녹색 텐트에 누워 있으면 바닥은 춥고 딱딱하고 축축하고 전세 보증금, 비정규직, 빌린 책들, 한숨 같은 재앙, 경찰, 핸드폰 요금, 진저리, 검정 슬리퍼, 헛소리에 씌우는 모자, 개 사료, 빨래 바구니…… 같은 것들을 다 들고 집으로 돌아갈 방법이 없어서 그는 녹색 텐트에서 잔다 숲속 구석구석 안개를 몰고 다니는 바람이 불면 나뭇잎들이 파도 소리를 냈고 그는 그냥 자신이 어디로 흘러가는지 알 수 없는 조각배 위에서 눈을 감은 거라고 생각해 여기가 남미의…… 바르셀로나의 해변이라면 좋을 텐데 총소리나 부랑자의 모포 같은 평화 정적 그리고 끝도 없는 파도 파도 거품

그리고 그가 문이 세게 쾅 닫히는 것 같은 소리를 들으며 일어나는 거야 그런데 언제 이렇게 많은 물건들이 쌓였

던 거지? 그는 대답할 수가 없어 왜냐면 그는 잔뜩 어질러
진 녹색 텐트를 청소하느라 아주 바쁘거든

# 잠수함(혹은 우주선)을 탄 함장의 일생

이렇게 계속 내려가다 보면
바다 밑에는 뭐가
있을까?
(나는 어느 순간에
별이 보일까 봐 무서웠다)
해초
심해어
산
계곡
분화구 끝이 보이지 않는
벼랑……

*

　모월 모일의 항해일지: 낫 놓고 기역 자도 모른다고들 말
한다. 뻔히 보이는 것도 알지 못하는 사람에게 하는 말이
다. 낫은 기역 자다. 마당에 놓인 낫. 나는 마당에 놓인 낫
을 내려다보며 서 있는 것 같은데 디 이상 아무것도 모르
겠다. 낫이 낫인지도 모르겠고 기역 자가 기역 자인지도 모

르겠다. 누가 말해 줬으면 좋겠다. 이건 낫이고 이건 기역이라고. 이건 마당이고 이건 나무라고. 이건 하늘이고 이건 구름이고 이건 낡은 기와집이고 이건 백열등이고 이건 누렁이고 이건 개 밥그릇이라고. 이건 돌멩이고 이건 마루고 이건 부엌이고 이건 아궁이고 이건 언덕이고 이건 풀이고 이건 나무고 이건 책이고 이건 불이고 이건 낫이고 이건 기역이라고. 불 보듯 훤하다는 말도 있다. 아궁이에 올려진 가마솥에서는 몇 시간째 죽이 끓고 있다. 나는 환해진 부엌을 본다. 누가 나에게 말해 주면 좋겠다. 이건 아궁이고 이건 나무고 이건 낫이고 이건 기역이고 이것들이 모두 불타고 있다고. 그러면 나는 나무가 있는 마당에서 낫과 기역자를 보며 서 있다. 그러나 아무도 말해 주는 사람이 없고 나는 형광등 아래 바나나가 놓인 탁자 앞에 서 있다.

*

— 우리 잠수함이 빨갛고 동그랗고 울퉁불퉁한 거 맞나?
— ……
— 빨갛고 동그랗고 울퉁불퉁한 거 맞지 않나?

— ……

— 우리 잠수함 빨갛고 동그랗고 울퉁불퉁한 거 아닌가?

— ……

그리고 가끔은 이런 생각이 든다.

'배가 고프다……'

나는 또 한 장의 접시가 깨지는 소리를 듣는다:

잠수함은 아래로 더 아래로 내려가고 있었다……

# 지구에 사는 어떤 신의 영수증

판매매장 에니타임

정산위치                         판매원 에니

거래일시 2019-01-27 23:51:00

거래NO.012724688


품  목                              금  액


해파리 반짝임 전기세                19,800원

진흙 냄새                            2,000원

시동이 잘 안 걸리는 검은 승용차     68,000원

소원 수리용 메모지                  94,000원

전우주신학대학교 학자금 대출 이자  117,000원

구름 여러 묶음                       3,500원

꽃                                   1,500원

맥주                                10,000원

『초보 신들도 영혼을 만들 수 있다』 42,000원

물리 법칙 세트                       2,300원

멋진 망토                            6,000원

만능 연필(불량 없음)                                    9,700원



합      계  375,800원
결  제  액  375,800원


그리고 그 위에 빨간 색연필로 낙서가 되어 있다:

*적자, 적자, 다음 달엔 꼭……*

# 무덥고 춥고 밝은(혼잣말)


나쁜 도시는…… 기관지를 안 좋게 하고 싸구려
커피숍의 단골이 되게 한다……
……나쁜 도시는 뒷골목에 침을 뱉게 하고 때때로 열을
오르게 한다
자주 얻어맞은 것처럼 멍해지게 하고 몸에서 으깨진
은행 냄새가 나게 한다
아이큐를 떨어뜨리고
블록버스터 영화를 좋아하게 만든다
애인에게 욕하게
만들고 통장 잔고가 바닥을 치게 만든다 아르바이트에서
잘리게 만드는 건 물론이다……(힘겹게
구했을 텐데) 나쁜 도시에서
아이큐가 떨어지는 사람이
블록버스터 영화를 보고(그가 더 아무 말도 하지 않는다)
나서
애인에게 욕을 하다가 헤어진 경우가 얼마나 많을지
한번 상상해 보자……
(적어도 날씨라도 좋았다면 어땠을까 상상해 본다면?)
나쁜 도시에서는

인간이 태어난다

나무가 태어난다

아마도 나무를 좀먹는…… 벌레들과 겨울들과 말들과

지팡이(나무의 천적이다)와 종이(나무의 시신이다)와

밤과 밤들이……

(앰뷸런스가 수많은 창문에서 쏟아지는 병원의 흰

빛 속으로 진입하기 시작한다)

2부

# 이원론적 세계

토머스에게, 미셸이 말했다.

"버찌를 든 너구리가 담장을 타 넘고 있어. 나는 이제 너구리가 넘어간 담장 앞에 서 있다. 흰 페인트가 담긴 양철통을 들고. 나는 어떤 말부터 지워야 할지 알 수 없다. 그러나 너는 떠내려가지 않겠구나. 너구리는 언젠가 다시 담장으로 돌아올 것이다. 그러니 너는 먼 먼 길을 걸을 필요가 없겠지. 발을 세게 구를 필요도 없을 거야. 나는 이제 발을 세게 구르지 않는다. 부드러운 페인트에 브러시를 적신다. 내가 꺼내지 않은 말들이 발 아래로 뚝뚝 떨어지고 있다. 나는 여기서 생각을 더 이어 가야 한다는 것을 알고 있지만 그것을 생각하는 도중에 그것은 점점 사라지고 있다. 너는 멀리서 젖은 톱밥을 뿌리며 내게로 걸어오고 있다. 그러나 내 물병은 비었고, 나는 그냥 여기 서서, 담장 가득 흰 페인트칠을 하고 있을 것이다."

"너구리가 우리 옆을 지나갔어."

흰 담장 앞에서, 토머스가 말했다.

# 거위 소녀

너는 거위 두 마리를 데리고 다닌다 너는 거위 소녀다
거위는 희고 부드럽고 누르면 꾹 들어간다

이상한 소리로 울었다 네가 웃는 소리는 거의 우는 소리
처럼 들린다 너는 거의 소녀다 너는 그렇게 생각한다

거의 그렇다고, 아니면

거의 그럴 뻔했다고

너는 밤이 폭신한 흰 털같이 깔린 부엌에서

두부를 데치고 나물을 무치지만

박하 향처럼

머릿속은 알싸하고 콕콕 찌르는 것들로 가득하다

그러니까

너를 거위로부터, 거위를 너로부터 해방시켜 줄 수 있
었던

거의 그럴 뻔했던 것들의 목록:

— 너는 머리를 두 갈래로 땋은 적이 있다

— 너는 돈키호테를 베껴 쓴 적이 있다

— 너는 짓무른 딸기 때문에 화를 낸 적이 있다

— 너는 탈무드를 읽다 궁금한 적이 있다; 누가 두 아이

를 굴뚝으로 데려갔을까?


　그리고 몇 가지 질문이 더 있었지만
　그것들은 지나가 버렸다


　너는 거위 두 마리를 기른다 거위는 행성들, 추운 날씨,
　고아들에 익숙하며, 꽥꽥,
　우는 소리는 낯선 이를 내쫓기에 좋다 밤늦게
　발을 동동 구르기에 좋게 넓적한 노란 물갈퀴가 있고
　물에는 뜬다, 둥둥
　물에는 뜬다, 둥둥


　떠가는 구름을 따라 호수로 들어갔다가
　얼굴에는 검은 재를 묻히고 나와


　노란 우비를 입은 소녀가 웃는다 웃는 얼굴로 웃는다
우는 얼굴로 울었다;
　그런 이야기로 네 윗입술 어디쯤에 은빛 낚싯바늘이 되
어 박혀 있는

거의 연애일 뻔했던 연애
거의 마음일 뻔했던 마음을 그러나

너는 매일 베이킹파우더를 뿌려 문질러 닦는 것인데 그
렇게 반들반들해진 욕조가
　이상하게도 거위 두 마리의 무게, 두 팔을 뻗어 품에 안
으면 겨우 안아지는
　딱 그만큼의 부피와 딱 그만큼의 부드러움으로 만들어
진 것 같아서

또 한 장의 접시를 찬장에 포개어 올려놓으며 거위 소녀,
너는 생각한다
슬픔은 동그랗게 속이 빈 뼈를 가지고 있어서
보기보다 가볍고 금방이라도 날아가 버리는 것 같다고
네가 소녀이던 시간은 영영 지나가 버렸다고
거의 그렇다고, 아니면
거의 그럴 뻔했다고
그러니까
네가 거위로부터, 거위가 너로부터 빼앗아 갈 수 있었던

거의 그럴 뻔했던 것들의 새로운 목록:

— 망가진 작은 텃밭

— 네덜란드행 비행기 티켓

— 거위들의 우스꽝스러운 발자국

— 짓무른 딸기 향

# 완벽한 개업 축하 시

그의 친구가 말했다

"나 이번에 개업을
하게 됐는데 축하 시 좀 써 줘."

그들은 벤치에 앉아
테니스공을 허공으로
던졌다가
다시 받으며
놀고 있었다

"응, 알았어."
그는 대답했다

그는 아마추어
시인이고
문예지에 발표한 시는
아직 없지만
시에 대해

많은 걸 알았고 또
많은 걸
모르기도 했다

그들은 테니스공을
조금 더 던지고
받고
하며 놀다가 헤어졌다

집에 돌아와
그는 생각했다 이 시를 쓰기 위한
몇 가지
조건이 있다
추상적일 것 그래야
다음 사업 때도
이 시를 벽에 걸 수 있을 테니까
그런 것들
또 무엇보다 이 시에는
기쁨이

있어야 한다

그는 모니터 앞에
앉아
개업 축하 시를
열심히 떠올렸지만
잘 생각이
나지 않았다

일주일
열흘
다섯 달
예닐곱
해 정도가
지났다

그는 반으로 쪼개진
양과 같은
희고

매콤하고
사각사각거리는
개업 축하 시를 쓰고 싶었지만
개업 축하 시는
잘
써지지 않고
있었다

몇 번쯤 완벽한
개업 축하 시를 떠올린 것 같기도
했지만
옮겨 적기 전에
그것은
사라지고 없었다

그동안
친구의 사업은 성공해서 전국에
체인점이 생겼고
비싸 보이는 검은 차를

타고 다녔다

또 친구는
결혼도 했는데
그녀는 학창 시절에 만난 예쁜 아이였고
친구가 사업을
시작하기 전부터
사업을 같이 도와주기도
했었다

그는 결혼식 때
친구를 만나기도 했는데
그들은 두 손을
꽉
잡고 악수를 나눴지만
개업 축하 시에 대한
얘기는
하지 않았다

친구는 점점 바빠졌고
그와 친구는
예전처럼 벤치에 앉아
테니스공을 던지고
받고
하며 노는 것을 여전히
좋아했지만
점점 그럴 시간이
없었다

대신 친구와
그는
가끔 멀리서 각자
테니스공을 던지고
받고
하면서
시간을 보냈다

그는 이제 사람 좋은

아저씨가 되어
편의점 아르바이트를 하고 있고
그는 아직 아마추어
시인이고
문예지에 발표한 시는
여전히 없지만
시에 대해
많은 걸 생각했고 또
많은 걸
생각하지 못했다

그는 그가
생각하지 못한 많은 것들
때문에
얼굴을 감싸고
울음을 터뜨릴 수 있지만
그렇게 하지
않는다

대신
바람이 부는 저녁
벤치에서
그는 허공에 던진
테니스공을 다시 받으며
생각한다 그는

지금
완벽한 개업 축하 시를
떠올렸다고
추상적인
기쁜
반쪽으로 쪼개진
흰
양파
같은

# 파란 코끼리

그는 걸었다. 그는 방금 국민은행을 지나쳤고, 국민은행을 지나 이바돔감자탕을 지나 지하로 통하는 술집을 지나 족발보쌈집을 지나 걸었다. 그는 걸었는데, 건물 2층 코인 노래방을 지났고 스시정을 지나 베스킨라벤스를 지나 던킨도너츠를 지나 하나은행을 지났고 기업은행을 지나 걸었다. 그러니까 그는 꽤 번화한 거리를 걷고 있었다. 그는 계속 걸었다. 소울키친을 지나 커피빈을 지나 카페B를 지나 그 긴 코로 눈을 비비고 있는 파란 코끼리를 지나 주민 센터를 지나 무아국수……가 보이는 곳에서 그는 멈췄다.

긴 코로 눈을 비비고 있는 파란 코끼리라고?

그는 무아국수에서 등을 돌려 주민 센터를 지나 다시 코로 눈을 비비고 있는 파란 코끼리에게로 돌아왔다. 그 파란 코끼리는 분명 카페B와 주민 센터 사이에서 코로 눈을 비비고 있었다. 그는 파란 코끼리가 코로 눈을 비비는 것을 지켜보며 잠시 생각에 잠겼다. 그러나 이 긴 코로 눈을 비비는 파란 코끼리가 자신에게 무엇을 의미한다고 생각할 수 없었다. 그는 다시 걸었다. 긴 코로 눈을 비비고 있

는 파란 코끼리를 지나 주민 센터를 지나 무아국수를 지나
무등산갈비를 지나 천 가게를 지나……

# 심야 공사

    그러니까 내 말은, 그때 너에게 너무 큰 코트를 입혀 준 거라면, 그 코트는 앞 단추 두 개가 떨어진 게 귀여워서 내가 좋아하던 건데, 그때 너에게 너무 큰 코트를 입혀 준 거라면, 그러니까 오버사이즈 코트를 입으면 실제로 더 따뜻한가? 그런 질문을 내가 진작에 떠올려 봤더라면, 나는 항상 오버사이즈 코트를 입고 다니는데 그걸 입고 다니면서 추운 적은 없었고, 물론 매우 추웠지만, 그건 내복을 입지 않아서라고만 생각한 데다가, 어렸을 때 엄마가 곰돌이 내복을 머리 꼭대기부터 씌워서 입혀 주고는 했었고 나는 움직일 때 답답해서 그게 늘 싫었는데, 이제는 그 곰돌이 내복을 한쪽 팔에라도 두르고 싶어졌다는 게 이상한가, 마치 그런 이상함처럼, 나는 그저 뭔가 넘친다는 느낌이, 우리가 상상 속에서 끊임없이 부수고 있는 작은 크래커가 있어서 그 가루가 우리의 코트 곳곳에 숨어들어 우리를 달콤하게 만들고, 그 달콤함이 우리에게 주어진 간지러움의 다른 이름이라면, 그런데 그 이름이 추위를 막는 데 별 소용이 없다면, 그러니까 내 말은 그때 내가 너에게 너무 큰 코트를 입혀 준 거라면, 나는 서슴없이, 헛기침도 눈물도 없이, 다시 그 코트를 내가 받아 입고 집에 들어가, 어디론가 영영 사라진 그 크래커 부스러기들을 끊임없이 상상하는 일이, 앞니가 빠진 흰 토끼 같은, 내가 더없이 사랑하는, 그 오버 사이즈 코트의 온기에 미치는 영향에 대한 긴 논문을 작성해 너에게 제출했을 거란 얘기야.

*

— 하지만 아직도 잠을 못 자겠어.
— 몇 번이나 말해야 돼? 네가 손가락 끝에 오리 주둥이를 달고 다녀도 나는 괜찮다니까.
— 그치만 우리 엄마는 늘 손톱이 이쁜 아이가 태어나기를 바랐단 말이야.
— 네 손톱이 우아하게 길고 얇았다면, 엄마가 실망하지 않았을까?
— 글쎄……

벽에서 망치 소리가 들린다.
쾅, 쾅, 쾅……

'침대에 함께 누워 잠들기 전에 반드시 해야 할 생각이란 게 있을까?'

토끼.

토끼는 언덕을 내려가면서 총총, 한다.

# 말벌이 나타나면 창문을 활짝 열자


나는 빚을 잔뜩 지고 도망 중인
잭 아저씨의 꿈속으로 들어가
문을 두드린다
똑똑
그는 질리도록 잠을 많이 자서
집으로 돌아가는 길을 잊어버렸고
그래서 키가
몇 센티미터쯤은 줄었고
마을의 농사꾼
식물 재배의 왕
황금 알을 낳는 오리를 치는
천부적인 목축업자이자
뜨개질과 지도 그리기의 달인
그것이 잭 아저씨였지만
이제는
뒷마당 텃밭에 부질없는
딸기 몇 그루나 심어 놓고는
"그래 강아지풀 예쁘지
근데 그거 잡초다", 하면서

배곯은 딸이나 울리고
나는 잭 아저씨가 이제 그만
다 잊고 예전처럼
나와 놀아 주기를 바랐는데
검은 양복 남자들이 온통 파헤쳐 놓은
딸기밭을 뒤적이며
콩나무나 두어 그루 심다가
"예전엔 잘 자랐는데, 이거……"
눈시울을 붉히는 잭 아저씨
나를 업어 키운 잭 아저씨
작아지다가 작아지다가
이제 내 발목만치나 겨우 오는
잭 아저씨
나는 질리도록 딸기를 많이 먹어서
빨갛고 앳된 얼굴에
한 땀 한 땀 압정을 박아 넣으며
부끄럼 많은 과일이 되어 가고
그건 지구본을 아주 세게
돌리고 싶다는 말과 같은데

전기세

가스비

핸드폰 요금

만화방 연체와 굽은 허리의 달인 잭 아저씨

똑똑

사람 없어요 다 죽어 가는 목소리로

"그런데 우리는 어쩌다

한 바구니에 담기게 된 걸까?"

혼잣말을 하는 잭 아저씨

나는 녹이 슨 문을 억지로 열어 보려다

잘 돌아가지 않는 나의 지구로 돌아온다

콩나무가 또 자라겠지

뭐

말벌은 노크도 없이

활짝 열린 창문을 통해

들어온다

# 훔쳐 쓰기로 결심하는 시

모모와 바게트 빵에 잼을 발라서 먹고 있는데
전화 한 통이 왔다

안녕하세요 저는 미래 시
편집자 누구누구인데요 이번
신인 특집호에 원고를 싣고
싶어서요

좋은 일이네
"네 정말 감사합니다 꿈에 그리던 일이에요"
그리고
전화를 끊고 나는 바게트를 한 입 더 깨물어 먹으며
모모에게 말했다

이번에 미래 시 신인 특집호에 내 원고를 싣고 싶다네
그렇네, 모모도 전에 여기다 실었었지?

모모는 치아 교정 수술을 하느리 힘겨운 나날을
보내고 있었고 볼이 예쁘고

바게트를 좋아해서 바게트 빵이 나오는 시를
스물여섯 편이나 썼다 그중 하나는 모모의
등단작이기도 하다

아니
아니라고?
응…… 나한텐 그런 연락 안 왔는데
그래?
그래
모모는 재작년에 등단했잖아
그랬지
그럼 작년에 신인 특집호에 실린 거 아니야?
아니야
이상하네

이상하군 눈 내린 창밖에서 눈부신
햇빛이 모모와 내가 서 있는 거실로 들어오고 있었다

모모는 심술을 부리면 볼이 부풀어 오르고

웃음이 많고 손이 매운
여자에 대한 시를 서른두 편이나 썼다 모모의
문제는 시를 너무 많이 쓴다는
것이었다

우리는 거실에 담요를 깔고 누워
바게트를
깨물어 먹으며
모모의 시가 신인 특집에 실리지 못한 이유를 생각해
보기로 했다

모모, 너는 시를 너무 많이 써
그래?
그리고 너는 내 꿈 이야기를 훔쳐서 시에 쓴 적도 있어
내가?

그건 사실이었다
나는 모모가 아주 삼산 등장할 뿐인 꿈 이야기를
신기한 마음에 모모에게 들려준 적이 있는데

이틀 아니면
사흘 정도

지나고 나서 모모는 내게 시 한 편을 보여 줬고
거기엔
내 꿈의 하이라이트라고 할 수 있는
어떤 이미지가
들어 있었다

그 구절은 이랬다
"우리는 동시에 꿈을 꾸었다. 너의 꿈속에서 한 여자가 나의
흰 정장에 금색 스프레이를 뿌렸다."

분명히 말해 두지만, 우리는 동시에 꿈을 꾼 게 아니었다
꿈을 꾼 것은 나였다

알았어 또 뭐가 있지?
음

모모의 시에는 비유가 없어

비유가 없다고?

그래 비유가 없어 그리고 시적 짜잔도 없어

짜잔?

또 하나 생각해 볼게…… 신인 특집은 좋은 신인들의 시
를 싣는 거잖아?

그런가?

그러면 모모는 좋은이 아니거나 신인이 아닌 거야

좋은이 아니란 건 무슨 뜻이야?

모모, 그건 비유나 짜잔이 없단 뜻이야

신인이 아니란 건?

모모, 그건 신인상 시상식이 취소되었다는 뜻이야


모모는 점점 더 작아지는 것처럼 보였다

담요 위에서

그리고 조금 더 많아진 것처럼 보이기도 했다

바게트 빵의

부스러기들처럼

그리고 우리는
곰돌이, 지구 온난화, 보르헤스의 『픽션들』 페이지 수,
어제 저녁에 먹은 식사 메뉴, 모모가 쓴 꿈에 대한
아흔아홉 편의 시들
또 영화배우들과 전 세계의 전래 동화 같은 것들의 영향
을 고려에 넣어
모모의 시가 신인 특집에 실리지 못한 이유를
생각해 보았다

모모, 나 궁금한 게 있는데
응?
K씨가 나오는 시들,
응
그 K씨들 나 아니야?
아닌데……

모모는 K씨가 나오는 시를 많이,
그러니까 백스물두 편이나 썼는데
사람들이 "이거 K씨 걔 아니야?" 물어보면 모모는 항상

아닌데……라고 대답하고
사람들이 그렇게 물어보는 게 웃기지 않냐고 내게 물었다

나는 그렇게 웃기지는 않았고 사실
조금 시무룩했고
무엇보다
약간의
정체성의 혼란을 느꼈지만
모모에게 말하지는 않았다
어쩌면

나는 K씨가 아닌지도
K씨는 내가 아니듯이

바게트를 다 먹자 배가 부르고
배가 부르자 또 아늑한 밤이 왔다

우리는 침대에 나란히 누워
언제쯤 모모의 시에 좋은과 신인과 비유와 짜잔이

찾아올런지
도란도란 얘기를 나눴다


잎사귀가 부족해서 그런 걸 수도 있어
잎사귀가 뭔데?
모르겠어, 그냥 파릇파릇하고 이쁜 거
모모는 파릇파릇하고 이쁜데
내 시 말이야
그래
그렇지
아마 모모는 요정이 되려고 하는 걸지도 몰라
무슨 요정?
글쎄…… 벽난로의 요정?
벽난로의 요정이 하는 게 뭐야?
따뜻해지는 거, 그리고 가끔 타닥타닥 소리를 내
너는 무슨 요정인데?
나는…… 의자의 요정이 좋겠다
의자의 요정은 무슨 일을 하는데?
그냥 벽난로 앞에 있는 거야

그렇네
동시에 꿈을 꾸는 거지
그래

모모는 계속해서
작아져서
이제는 타닥타닥 소리로만 남아 있었다

그건 어떤 꿈일까?
나는 꿈에서 K씨가 되어서 그건 어떤 꿈일까? 생각했다
바게트 빵의
부스러기들로 까끌까끌해진 담요 같은
그러니까
미래 시 신인 특집호에 할당된 것처럼 한 지면에 실리는
두 편의 시 같은
넓은 침대를 혼자 굴러다니다가
나는 그런 꿈을 시로 써서 발표해야겠다, 생각했다
그러니까
두 편의 시;

한 편은 훔쳐 쓰기로 결심하는 시
한 편은 훔쳐 쓰는 시

# 남미적인 모양의 구름이 있는 해변

못 배운 남자와 앙상한 여자가 저편에서 걸어오고 있다.

둘은 비틀거리며 서로에게 기대어 걷는다.

나는 발에 찔린 조개껍데기를 빼기 위해 허리를 숙였다.

남자 : 잠깐만, 이리로 좀 와 봐.
여자 : 뭐?
남자 : 좀 와 보라니까!
여자 : 아, 왜?
남자 : 잠깐만 나 오줌 좀 싸게! (남자는 야자수 숲으로 들어간다. 여자는 해변에 서서 기다린다.)

(한참 후)

여자 : 자기야!
여자 : ······.
여자 : 자기야! 왜 이렇게 안 나와? (여자도 야자수 숲으로 들어간다.)

고개를 들자 하얀 모래사장이 홀로 녹아내리고 있었다.

나는 별로 아프진 않네,

아프지 않아, 혼잣말을 하며 해변을 마저 걸었다.

## 뽈 베흐가의 옥탑방으로부터

다시 프랑스, 안개 벽돌을 차곡차곡 쌓아 올려 만든 회색 집의 꼭대기,

아내는 간호사고
간호사 모자를 쓴 모습이 예쁘지만 집에서는
절대 쓰지 않는다.

그리고 그 바로 밑층에는: 심술궂게 늙은 여자,
조금 가련하게 심술궂은 늙은 여자, 그러니까 여자는
두 명.

똑, 똑, 똑, 문이 열리자

희끗희끗한 머리. 파마용 비닐봉지를 뒤집어쓰고 있다.
두 여인의 이마를 조이는 고무줄⋯⋯
한 여자가 말하면, 다른 여자가 그 말의 뒷부분을 따라
한다.

"쿵쿵거리지 말아 주세요(말아 주세요)."

"밤늦게 물 틀지 말아 주세요. 졸졸거리는 소리 때문에 (소리 때문에)."

"드드득 드드득거리는 소리 때문에 잠을 못 자요(잠을 못 자요)."

두 여인 퇴장.

개는 기르지 않고
건방진 앵무새를 보면 기겁하고
고양이는 증오하는.

그렇군.
좁은 테라스 밖으로 눈이 내리는 풍경이 있다.

어리둥절하게
바글바글하게

설거지는 내년에 해야겠네.
샤워는 다음 달에.

테라스 물청소는, 윤년이 오면 하기로 하지.

땡땡이 무늬 파자마를 입고 파마 비닐봉지를 머리에 쓴
늙은 여인들

어떤 것 같아?
몰라. 그 비닐봉지 그대로 쓰고 잠드는 건가.
나란히 누워서?
나란히 누워서.
그런데 간호사 모자, 써 보는 거 어때?
글쎄⋯⋯

불을 끄면,

거리에는
옥수수 자루를 등에 짊어지고 걸어가는 사람들 이상한
짐승들의 이상한 울음소리, 재잘거리는
두 개의 강
빨간 가시 담장에 침을 뱉으며 몰려다니는 아이들과

그 위로
밤새
내리는 눈
아래에서

다시 프랑스, 안개 벽돌을 차곡차곡 쌓아 올려 만든 회
색 집의 꼭대기 층에는,

며칠째 씻지 못한 신혼부부의 침대
그리고 그 바로 밑에 층에는:

이마를 꽁꽁 졸라매고 있는, 목소리가 가늘고
푹 잠들지 못하는
어느 늙은 여자와 다른 늙은 여자의 침대

## 마지막으로 한 번 덜 하는

　지금 공항으로 갈 수는 없다. 너를 만나려면 비행기를 타야 한다. 깊은 밤이고, 너는 네가 기르는 푸들이 엎드린 모양에 대해 이야기한다. 십 몇 년을 쓴 낯선 대걸레 같은 푸들에 대해. 가만히 있으면 슬그머니 다가와 놓고는 정작 머리를 쓰다듬으려 하면 으르렁거린다고 한다. 맞아 맞아 정말 문제네. 그것은 큰 문제인데 나는 오줌이 마렵다. 이곳의 겨울은 혹독하고 바람이 많이 불고 나는 같은 자리를 네 바퀴 다섯 바퀴 맴돈다. 너는 오늘 읽은 책에 대해, 로베르트 무질의 생전 유고에 대해 말한다. 맞아 맞아 나도 너무 읽고 싶다. 너는 웃으면서 책의 한 대목을 낭독해 준다. 너는 낭독에 재능이 있다. 네가 낭독하는 걸 듣는 건 즐겁다. 즐겁지만 오줌이 마렵다, 라고 생각하며 동시에 나는 손과 발이 얼어 가는 것을 느낀다. 맞아 맞아 지금이라도 비행기를 타고 싶어. 지금이라도 집에 돌아갈 수 있겠지만 네가 쓰러지는 밤들에 대해, 지극함에 대해, 살면서 미리 죽음을 체험하고 기록하는 일이 어떻게 진짜 죽음에 영향을 미칠 수 있는지에 대해 말하는 동안에는 얘기를 끊고 싶지 않아 나는 같은 자리를 몇 번 더 맴돌기로 한다. 이제 너는 네가 부친 흰 두부에 대해, 약간 부어오른 편도선에 대해 얘기한다. 나는 비행기를 탈 수도 없고, 중산간에 위치한 집 주변에는 가로등도 세워지지 않았다. 나는 그런 이상한 열정으로 네가 또 다른 이야기를 시작할 때 같은 자리를 한 번 더 맴돌면서 듣는다. 맞아 맞아 여긴 바람이 많이 불지. 끝나지 않는 한 이야기가 다른 이야기를 만들고 또 옆의 이야기를 가볍게 건드려 무수히 많은 이야기들을 한꺼번에 무너뜨리는 걸 신기하게 지켜보면서.

# 동물들

모모와 나는 종종 희귀한
동물들을 보곤 했다.

깊은 밤 거제도 해변에서 쿵 하고 달리던 해달과 서울
덕수궁에서 엉덩이만 보였던 족제비 망원 시장에 묶여 있
던 악어 같은 것, 그리고 다른 것들도 봤다. 먼 산과 가까
운 강아지풀과 물웅덩이 위의 희고 파란 줄무늬의 족구공
과 우리 집 처마 밑의 벌집 같은 것. 하루는 에프킬라를
뿌리고 벌집을 걷어 냈더니 다음 날부터 벌들의 잔당······
생존자 벌들이 무척 화가 나 지나가는 사람들을 닥치는 대
로 쏘아 댔다. 벌에 쏘인 우유 장수(아얏!)와 산책하는 연인
(아얏 아얏!)과 담장에 그림을 그리는 화가(아얏,)와 귤 따는
아이(으앙!)와 행인(아얏,)과 옆집 할아버지(아야야얏!)와 과
일 장수(아얏)와 가스 검침원(아얏 아얏)이 지나갔고······ 모
모와 나의 얼굴은 퉁퉁 부어 희귀한 동물들처럼 보였다. 하
지만 여전히 하루가 똑같아. 나는 다시 한번 에프킬라를
들고 벌들의 잔당을 소탕해 보려다 말았다(아얏!), 겨울이
오겠지 뭐. 대신 모모와 나는 집 앞 전봇대에 경고문을 한
장 뽑아 붙여 놓았다.

"벌 조심: 이 벌들은

집을 잃어서 무척 화가 나 있고

침은

아주

뾰족합니다."

# 유령들의 밤 당구

"잔디밭이 곧 세계였다."
— 버지니아 울프, 『등대로』

모닝 당구장 회원들은 당구를 좋아하고 큐대가 닳아서
키 작은 아이만 해질 만큼 당구에 열심이고
부푼 마음속 녹색 잔디밭을 꿈꾸듯 누비고만 싶은데


알맞은 스핀과 적절한 구속이란 건…… 멀고 잔디밭은
끝나지도 사라지지도 않고 열심 말고 다른 걸 알기엔


머리를 못 쓴다 있는 힘껏
쟁이질을 하고 흰 울타리를 치고 맨날 울고
밥은 매일 똑같고
틈만 나면 분무기로 잡풀에 제초제를 뿌려 보지만
잔디만 다 죽이고
집 앞 아스팔트 밑바닥에 얼굴을
한 장
한 장 쌓아 올리다가


밤이면 와장창 다 깨뜨리고 구름이 훌쩍이는 소리나
듣겠지 듣다가 유령처럼 모여 이목구비 없는 민둥한
얼굴을 부드러운 녹색 당구대에 올려놓는 것이다

짜리몽땅 큐대를 허리 뒤로 쏙
뺐다가 단번에 밀어치면
데굴데굴
굴러가는 얼굴들이
부딪칠 때 나는
딱!
하는 소리가 중요하다 얼마나
맑고 투명했는지
1점부터 5점까지
점수가 높을수록 좋은 소리라고
한다면

1점: 너무 열심히 하셨습니다
2점: 너무 열심히 하셨습니다
3점: 너무 열심히 하셨습니다
4점: 당신은 정말이지 너무 열심히 하셨습니다
5점: 당신은……

이제 그만하셔도 되겠습니다

　　　　　　　　그만하지도 못하고


베레모를 쓰고 팔뚝에 흰 손수건을
묶은 선원이나
매일 아침 따돌림당하는
홀쭉한 배관공 꽃집 주인의 점수표는 매번
……


물론 밤은 길고 베갯잇이 젖고 서투른 마쎄이에 녹색
이마가 찢겨도 내일 밤은 오고 웃고 그렇지만 아무래도


다음번엔 꼭 더 좋은 경기를 하기로
모닝 당구장 회원들은 굳게 약속했다


약속했다 인생은 즐겁고 좋은 것이다 그러니까


녹색 잔디는 부드럽고
폭신하다 녹색 잔디밭에 누워서 내일을 생각하면

등이
따갑다

＊이미애 역, 민음사.

# 러시아 동화

　그 이야기는 어린 나이에 가출한 한 소년이 지독한 코감기와 싸우다 결국 집으로 돌아가는 편이 낫겠다고 결심했을 때쯤엔 이미 너무 비대해져 버린 코 때문에 전혀 생각을 제대로 할 수 없었고, 아무튼 천장 높낮이가 들쑥날쑥하고 통로는 구불구불하게 얽혀 있어 싱글 침대 매트리스 하나를 올리기도 난감할 정도로 좁은 집 계단을 통과할 수 있을 만큼 적당한 크기의 코를 유지할 실행 가능한 방법도 없었다는 내용으로 어떤 판본에서도 소년이 집에 돌아가지는 못한다 약간의 냉기와 콧물이 누런 자국으로 남아 종이를 딱딱하게 만들었을 뿐 소년은 얼어 죽고 말았는데

　그래서 그 코는 어떻게 되었을까 소년이 죽은 뒤엔 코는 슬플 것이다 달리 할 것이 없었기에 씩씩 들이마시고 훅훅 내쉬고 소년에게 울타리란 울타리는 모조리 차 넘어뜨리며 나는 다 그만둘 거야 코가 없는 죄수들이 갇혀 있는 교도소로 가겠어 결심하게 만든 그 코는 점차 생각을 제대로 하기가 어려워

　드르렁 드르렁 즐겁게 노래 부르지 못하는 게

　약간 마음에 걸린다고 느낄 뿐 트롯 트롯 트롯

　허밍이란 것을 즐기던 소년과 함께하던 시간을

하나씩 돌이켜 보았다고
허버트 씨가 이어서 썼습니다

# 바나나 우유 영혼

모모의 바지 주머니 안에는 비닐에 담긴 도너츠가 있다
모모는 한 병의 바나나 우유 생각과

모모의 와인색 트렁크 안에는 500밀리리터 생수 한 병
이 있다 모모는 한 병의 바나나 우유 생각과

모모의 하루는 다음 날과 또 그다음 날과 거의 비슷하
다 모모는 한 병의 바나나 우유 생각과

모모의 옆 좌석에는 갈색 점퍼 남자가 있다 모모는 한
병의 바나나 우유 생각과

캄캄한 밤 모모가 탄 열차는 그 다음 다음 날의 햇살과
먼지와 짖는 개가 있는 집으로 돌아가고 있다

도너츠와 생수를 먹으며 모모는 옆 좌석에서 풍기는 술
냄새 때문에 펑펑 울고 말았지만


모든 의미가 망치처럼 단순해지는 주말에 혹은 그다음
날에 그 다음 다음 날에 반짝이는 창문에 기대어 모모는
생각한다

매점 가판대에는 약간 슬플 정도로 바나나 우유가 많지
도착하면

바나나 우유를 사 먹자

# 겨울 화분 키우기

고구마 먹고　 귤 까먹고 시리얼 먹고　 빨래 널고 인절미 먹고 냉장고　 돌아가는 소리　 컵라면 먹고　 아이스크림 먹고 바닥 닦고　 신발에 구두에 솔질을　 하고 마음은　 잡동사니를　 잔뜩 집어넣은　 자루처럼 울룩불룩하고　 새 커튼이 필요하겠네　 샤워하고　 산책하고 초콜릿 빵 먹고 카야 잼　 빵 먹고

분무기에 찬물을 채우고 칙칙　 칙칙

3부

# 참외의 시간

그는 양말을 벗어 두고 잠들었다.
나는 양말을 벗어 두고 잠들었다.

두 문장 사이를 헤매고 있었다.

좁다고 하기엔 애매한 공간이었다. 복도로 창이 난 방이
었다. 볕이 들지 않았고. 눅눅했다. 첫 번째 문장을 따라 이
야기의 방으로 옮겨 갈 수 있다. 두 번째 문장을 고른다면
나는 조금 더 밀착된다.

이야기와 고백 중 무엇을 좋아하는지에 따라 도착하는
방이 달라진다. 그를 따라가면 이야기를 만나게 된다. 그
는 양말을 벗어 두었고, 그뿐만 아니라 셔츠를 벗어 두었
고, 주름이 많은 검정 바지도 벗어 두었다. 그런 이야기를
해 줄 것이다. 방에 들어오면 벗어 놓을 수 있는 것들을 모
두 벗어 놓는 생활에 대해서. 남김 없이 벗어 두고 사라지
는 연인에 대해서. 연인이 벗으면 벗을수록 왜 더 어두워지
는지

그를 남겨 두고 내 방으로 건너오면 전혀 다른 고백을 만나게 된다. 나는 양말을 벗어 두었고, 그뿐만 아니라 셔츠를 벗어 두었고, 주름이 많은 검정 바지도 벗어 두었다. 나는 이른 저녁에 일어나는 사람이 아니다. 그러나 한낮에 잠들었기 때문에 이른 저녁에 일어나게 된다. 벗어 둔 양말이 보이지 않고, 양말을 따라간 생각이 보이지 않고, 혼자 지내는 작고 텁텁한 방을 발견하게 된다. 그 방에서 엄마와 참외에 대해 쓰고 있는 나를 발견하게 된다.

너는 왜 엄마랑 말하지 않니, 물어보면
나는 참외가 싫다, 이렇게 대답하고서
나는 참외를 싫어하지 않는 사람과는 말하지 않는 것처럼 엄마랑도 말하지 않는다
이렇게 대답하고서
양말을 찾으러 공책을 펼쳐 둔 채 방을 나가게 될 것이다.

그가 벗어 둔 양말에 대해 이야기하면
너는 이야기를 좋아하니?
그렇게 물어보면

그의 발치에 앉아 잠자코 들을 수 있다.

이런 이야기가 있다.

목적지를 거짓으로만 말하기로 약속한 두 남자가 있었다. 어느 날 한 남자는 다른 남자를 속이려고 자신의 목적지를 정직하게 말했다. 그 의도를 간파한 다른 남자는 곧 이렇게 외쳤다. "너는 왜 암스테르담으로 가면서 암스테르담으로 간다고 말하는 거지?"

꼭 두 남자의 이야기일 필요가 있을까?

자신들만의 암호로 모든 것을 반대로 말하기로 한 남녀가 있었다. 그들은 배가 고플 땐 배가 부르다고, 감기가 걸렸을 땐 감기가 나았다고, 마음이 아플 땐 행복하다고 말했다. 어느 날 남자는 자신이 더 이상 여자를 사랑하지 않는다는 것을, 이 모든 장난을 끝내고 싶어졌다는 것을 깨달았다. 남자가 더 이상 여자를 사랑하지 않는다고 말하자, 여자는 이렇게 대답한다. "너는 왜 나를 사랑하지 않으면서 나를 사랑하지 않는다고 말하는 거야?"

나는 한낮에 잠들었다가 이른 저녁에 일어났다. 나는 이른 저녁에 일어나는 사람이 아니다. 다정한 사람도 아니다. 모든 것을 반대로 말하는 사람도 아니다. 잘 잃어버리고 쉽게 밀착된다. 산적한 일들을 두고 잠들었다. 한낮의 고요. 한낮의 연애. 한낮의 복도. 한낮의 고지서. 한낮의 신발장. 한낮의 참외, 참외…… 문드러지는. 한낮의 문장. 이른 저녁의 문장. 잠에서 깨어나자 벗어 둔 양말이 보이지 않았다. 나는 이렇게 쓴다. "나는 왜 양말을 벗어 두고 잠들었는데, 양말을 벗어 두고 잠든 이야기를 쓰는 걸까?"

그런 이야기를 썼다.

참외를 지나고 참외를 지나고
무수히 많은 참외를 지나서 또 다시 참외를 만나는 밭을 걷는 일처럼

문을 열지 않았다. 말하지 않았고 말하지 않는 이유도 말하지 않았다. 기다림이 기다림 뒤에 끝나지 않는 대지를 이루었다. 참외 다음에 양말이거나. 양말 다음에 참외기나.

참외가 떠 있는 우물을 내려다보거나. 우물을 보다가 참외를 떠올리게 되거나. 두 문장 사이에 불타는 참외밭이 있었고.

그는 양말을 벗어 두고 잠들었다.
나는 양말을 벗어 두고 잠들었다.

두 문장 사이에 작고 텁텁하고 눅눅한 방이 있었다. 복도로 창이 난 방이었고. 볕이 들지 않았다. 대답하기 곤란한 질문처럼 양말은 보이지 않는다. 대답을 기다리는 사람이 있었는데. 속절없이 시간이 흐르는데. 바깥이 어두워지고 어두워져서. 나는 자꾸만 벗고 또 벗었다. 두 문장 사이에, 좁다고 하기엔 애매한 공간이 있었다. 두 사람이 눕기에 딱 알맞은 공간이었다.

나는 그곳에 누워 그의 품에 안겼다.
우리는 함께 잠든다.

## 현실적인 잠

당신의 잠이 내게로 왔다 물웅덩이가 없는 아스팔트 도로를 걸어서 이유를 몰라서 괜찮은 일들이 자꾸 일어난다 당신의 잠은 치와와처럼 짖는 밤으로부터 멀어지려고 꿈을 다 썼다 풀 냄새를 맡으러 간다고 쓰인 쪽지가 있다 당신은 차가운 물을 단숨에 마시지 못한다 당신은 마카롱을 오래 물고 있고 싶다 생각을 하고 싶지 않다는 생각을 그만하고 싶다 그게 아무래도 멈추지 않았기 때문에 철새들이 방향을 바꾸고 하늘이 빈다

그 밑에서 나는 항상 더 밑으로 가려는 습성이 있다 지하실에선 작은 소리도 크게 들린다 작은 동물이 더 재빠르고 무서워진다 당신의 잠은 자꾸 내게로 온다 당신이 당신의 잠 앞에서 머뭇거리기 때문에 당신이 혼자 글을 쓰고 그것을 혼자 읽기 때문에 나는 소스라치고 그 소스라침을 사랑으로 이해하려고 무던히 애를 써 왔다 나는 몸이 늘어나고 싶다 모든 당신의 옆자리에 앉고 싶다 새벽에 아무도 없는 실내 야구장에 불이 켜져 있으면 이상한 기분이 든다 당신은 당신의 잠에 그렇게 내내 불을 켜 두고 그곳에서 울리는 쇳소리를 듣는다

멈출 수 없는 일들이 자꾸 일어난다 나는 턱을 괴고 그

일들을 보는 걸 멈출 수 없다 어린아이의 태몽을 매번 다
르게 꾸며 내는 엄마의 곤란함처럼

　녹색 고무 장판에 쌓이는 야구공들을 세어 보다가 또
외투를 껴입다가 나는 당신의 잠을 잠든다 당신을 잊느라
그곳은 춥고 밝다

# 평화연립주택 입주자를 위한 안내서

01. 당신은 한 칸의 방과 한 칸의 거실을 얻는다. 방에
    는 오래된 흰색 벽지가 발라져 있다. 커다란 창문 바
    깥으로 모래로 된 성과 탑이 보인다. 모래로 된 성과
    탑은 강한 햇빛에 노출되어 있다.

02. 현관문이 잘 닫히지 않는다.

03. 창문을 열고 몸을 절반 이상 내밀어도 창문이 보여
    주는 풍경은 바뀌지 않는다.

04. 밖으로 나가면 아스팔트 골목이다. 아이들이 장난감
    총을 가지고 뛰어다닌다. 밖에서는 창문을 통해 보
    이던 풍경이 보이지 않는다. 그러니까 밖에서 당신은
    모래로 된 성과 탑과 강렬한 햇빛을 볼 수 없다. 당
    신은 보이지 않는 곳에 갈 수 없다. 따라서 당신은
    모래로 된 성과 탑에 갈 수 없다.

05. 혼자 지내는 것은 당신의 생각보다 훨씬 외로운 일이
    기 때문에, 가령, 당신은 흰 털을 가진 작은 강아지

를 기르게 된다.

06. 평화연립주택의 오른쪽 끝에는 마을회관과 자그마한
상가와 언덕이 있다. 상가에서 당신은 당신에게 필요
한 모든 것을 구입할 수 있다. 이곳에선 많은 게 필
요하지 않다. 줄지어 늘어선 언덕은 평화연립주택의
자랑 중 하나이다. 언덕을 넘고, 언덕을 넘고, 언덕을
넘어, 네 번째 언덕의 꼭대기에 오르면, 당신은 창문
을 통해 봤던 모래로 된 성과 탑을 다시 볼 수 있게
된다. 이곳에서는 별로 재밌는 일이랄 것이 일어나지
않기 때문에 산책은 매우 중요한 일이고, 산책을 중
요한 일로 여기는 사람에게 이 언덕은 역시 중요한
장소이고 사랑스러운 장소이며, 따라서 평화연립주택
의 주민들은 모두 이 언덕을 사랑한다.

07. 모래로 된 성과 탑에 당신의 왕자(혹은 공주, 혹은 강
아지, 혹은…… 어쨌든 당신이 원하는 어떤 사람…… 혹
은 동물…… 혹은 식물이나 물건…… 혹은 뭐가 됐든 간
에……)가 살고 있는 것은 아니다.

08. 마을회관에 가면 모래로 된 성에 갔다 온 노인들을
    만날 수 있다. 모래로 된 성에는 노인들만 갈 수 있
    다. 노인이 아닌 사람이 모래로 된 성에 가면 노인이
    되어 나온다. 이 글에 적힌 모래로 된 성과 탑에 대
    한 정보는 모두 이 노인들에게 들은 것임을 밝힌다.

09. 당신은 어느 날 재활용 쓰레기를 버리러 밖에 나간
    다. 당신은 그저 재활용 쓰레기를 버리는 착한 주민
    이 되고 싶었을 뿐이다. 당신은 당신의 작은 강아지
    를 사랑한다. 당신의 작은 강아지도 당신을 사랑한
    다. 당신은 그 사실을 모두 알고 있다. 그러나 어쩌면
    당신은, 당신의 작은 강아지가 얼마나 사랑하는지,
    어떻게 사랑하는지 정확히는 알고 있지 못했을 수도
    있다. 작은 강아지는 잘 닫히지 않은 현관문 틈으로
    머리를 밀어 넣고, 마침내 문을 연다. 당신은 강아지
    에게 계단을 내려가는 법을 가르쳐준 적이 없다. 그
    러나 당신을 따라가겠다는 일념으로 강아지는 스스
    로 계단을 내려가는 법을 익힌다. 당신은 재활용 쓰
    레기를 버리러 밖에 나갔을 뿐이다. 밖에 나갔다 돌

아왔을 때 당신의 작은 방과 마찬가지로 작은 거실 어디에도 당신이 사랑하는 작은 강아지는 없다. 당신은 아직 울지 않았다.

10. 평화연립주택은 한 개의 동으로 이루어져 있다. 1층에는 101호부터 113호까지, 2층에는 201호부터 213호까지, 3층에는 301호부터 313호까지, 그런 식으로 한 층에 13개의 집이 있으며 층수는 6개이므로 총 78개의 집이 있다. 또한 평화연립주택에는 엘리베이터가 없다.

11. (4번에 덧붙여) 총을 들지 않고 그냥 뛰어다니는 아이도 있다.

12. 평화연립주택에 입주한 사람들은 입주민 회의에 참석할 수 있다. 비정기적으로 마을회관에서 회의가 열린다. 그러나 입주민 회의에 참석하지 않아도 무방하다.

13. 당신은 다음 날 강아지의 시체를 발견한다. 당신은
   아직 울지 않았고, 강아지의 시체를 묻어 줘야 한다.
   강아지의 시체를 묻어 주기 위해 당신은 강아지의
   시체를 품에 안고 평화연립주택의 왼쪽 끝에 있는
   화단으로 걸어간다. 당신은 묵직한 걸레를 들고 있
   는 것 같다. 당신은 아직 울지 않았다. 13개의 집, 그
   러니까 바깥에서 본다면 13개의 커다란 창문을 지나
   가야 하기 때문에, 당신의 걸음은 끝나지 않을 것 같
   다. 마침내 화단에 도착한다. 그러나 당신은 삽을 가
   져오지 않았다. 강아지의 시체를 내려놓으려다가, 다
   시 그냥 안고 있기로 결정하고, 강아지의 시체를 안
   은 채로 당신은 집으로 돌아간다. 그러나 당신의 집
   에도 삽이 없다. 당신은 아직 울지 않았다. 당신은
   강아지의 시체를 안고 마을회관으로 간다. 모래로
   된 성과 탑에 다녀온 노인들이 많다. 그중 한 노인에
   게 삽을 빌릴 수 있냐고 묻는다. 노인은 당신에게 삽
   을 빌려주고, 당신의 어깨를 몇 번 토닥인다. 당신은
   아직 울지 않았다. 당신은 다시 마을회관으로부터
   평화연립주택의 오른쪽 끝까지 걷는다. 당신은 거기

서부터 또 13개의 커다란 창문을 지나 평화연립주택의 왼쪽 끝에 도착한다. 당신이 아까 손으로 잠깐 파려다가 그만둔 어느 나무 밑에 강아지의 시체를 내려놓는다. 당신은 삽을 발로 밟아 흙을 한 삽 퍼낸다. 단지 한 삽을 펐을 뿐인데 구멍이 너무 컸기 때문에, 당신은 그것을 믿을 수 없다. 그때 당신은 울 것이다. 울면서 구멍을 계속 파고, 강아지의 시체를 넣고, 흙으로 덮는다.

14. 당신은 잠에서 깨면 창밖으로 몸을 내밀고 모래로 된 성과 탑을 오랫동안 바라보기도 한다. 모래로 된 성과 탑이 당신에게 아무것도 돌려주지 않음에도 불구하고.

15. 이 글은 평화연립주택에 입주하려는 사람들을 위한 안내 목적으로 작성되었다. 이 글은 평화연립주택 마을회관 근처에서 만난 한 주민의 부탁으로 작성되었으며, 나는 402호에 살고 있다. 궁금한 게 있다면 언제든 찾아와 자세한 정보를 물어봐도 좋다. 조금

덧붙이자면, 나는 강아지를 묻은 나무가 어떤 나무인지 잊어버렸다. 안타까운 일이지만, 나무는 다 다르게 생겼는데, 다르게 생긴 것에 일정한 규칙이 없으므로 결국에는 모든 나무가 다 똑같아 보이고, 모든 나무가 다 똑같아 보인다면, 어떤 한 나무를 기억하는 일은 몹시 힘든 일이다. 우리가 우리에게 소중한 나무의 변별적인 특성을 결국 잊어버리게 된다는 건 받아들이기 힘든 일이지만 가끔 언덕을 오르다 보면 내가 그 나무를 구분해 낼 수 있다는 강한 확신이 드는 순간이 있다. 물론 나무가 있는 곳으로 돌아갔을 때는 그런 확신이 나의 착각이었다는 점이 명확해지지만, 아마도 그것이 평화연립주택에서 일어나는 일인 것 같다. 그렇다고 해도 내가 아직 나의 강아지를 그리워하고 있다는 것만은 사실이며, 또다시 그런 확신이 드는 순간들이 발생하는 것은 나의 의지가 아니므로, 내게는 어쩔 수 없는 일이라 생각된다.

## 미라와 미래


덩굴 식물로 이루어진 벽이었다 벽들이 털실처럼 엉킨 미로였다 벽을 기어오르면 완만하게 굽어진 초록 지평선이 보였다

우리는 말없이 걷다가 함께 목이 마르다가 한 벽면에 여러 색깔의 꽃이 매달린 것을 보거나 같은 방향으로 허리를 굽히고 땅을 들여다보다가

가끔 작은 공터에 이르렀다 우리는 넓은 돌 위에 앉아 서로의 손목을 살펴 주었다 긁힌 상처가 있었다 더없이 아름다웠는데

멀어지는 방향으로만 이루어진 미로였다 이곳에 들어온 이유가 생각나지 않았고 우리는 너무 오래 메말랐는데 죽지도 않았다

아무래도 말들이 입속에서 맴도는 행성에 있는 것 같다고 말하자
잠들고 있을 뿐이라고 네가 말했다

## 평화연립주택 102동 102호, 여름

캉캉 할머니를 못 본 지 며칠이 지났다 나는 포도나무가
두어 그루 흔들리는 화단에서 베란다를 통해
한적한(캉캉 할머니의) 거실을 보고 있다 캉캉 할머니는
올 여름 강수량이 구백 밀리미터는 될 거란 뉴스에
여름보다 긴 노래를 작곡하려고 빨간 립스틱으로
손수 칠한 화장실에 며칠째 틀어박혀 있는 중이고
코흘리개 손주는 해가 저물어 가는 거실에 앉아

자꾸 갈비뼈를 뽑는다 베란다 방충망의 찢어진 구멍으로
조심스레 내다 버린다 하나씩, 하나씩…… 남은 모든
여름이 끝나도 캉캉 할머니의 콘서트는 열리지 않는다
여름이 끝나면 나는 캉캉 할머니의 콘서트에 갈 것이다
평화연립주택 102동 102호의 여름은 무척 덥고 길어
포도밭에 희고 구부러진 갈비뼈가 쌓여 간다
삼십사 밀리미터만큼
삼십오 밀리미터만큼

# 정리

낮에는 자살을 하고
밤에는 섹스를 하고
다음 날 아침 일어나서 또 자살을 하고 그랬다

처음에는 일부러 그랬고
다음번엔 실수였다

너를 모른 척한다고 너는 울었지 뉘앙스만 다른 인형을
열두 개나 만들면서 열두 개나 되는 인형의 얼굴들이 하나
같이 나랑 닮아서 무서웠는데 너는 아니라고 우겼다

섹스를 하면서
자살을 하면서
내가 너를 보지 않을 때 나에게는 표정이란 것이 있는
데, 그 표정의 모양을 더 복잡하게 바꾸고 싶었다

또 익숙한 감정을 만나고 너 주름이 많이 펴졌구나 다
미끄러지겠구나 네 얼굴에 비가 오겠구나 그렇게 말하고
진흙투성이가 된 옷을 툭툭 털면서 더러워진 손을 보면서

너 다른 사람을 살았나 보구나 진흙이 낮이 되는 쪽으로
낮이 자살이 되는 방향으로

여기 앉을래?

앉고 싶었는데 내 자리가 아니어서 엉거주춤한 엉덩이
를 감추고 싶은 마음으로

무릎이 꺾인 인형을 만들고 또 만들고 꺾인 무릎이 어지
럽게 바닥에 뒹구는 얼굴

어렸을 적에
아직 섹스도 자살도 하기 전에

너를 미워하는 마음을 뒤뜰에 묻어 두었는데 다음 날
잎이 무성한 나무가 자랐다 그렇게나 많은 나뭇잎 나는 놀
라서 한 장 한 장 떼어 내며 울었지 이렇게 많이 미워한 건
아니었는데
나뭇잎이 너무 많아서 너는 곧 죽겠구나

왜 아닐까

아닐 이유가 없었다


네 손을 잡을 때마다 슬픔이 다른 한 손을 잡았다


나갔다 들어오기만 했는데 집이 깨끗해져 있었다

## 참외의 시간

참외1 : 우리는 노란 바탕에 흰 줄무늬가 그려진 우비를 입고 있었다.

참외2 : 비 내린 거리에서 지나칠 정도로 단내가 풍겼다.

참외3 : 참을 수 없이 거대한 참외를 견뎌야 했다.

참외4 : 화이트보드에 검정 빨강 파랑의 보드마카로,

참외는 참외를 반성하지 않고, 참외는 작은 일에도 괴로워하고, 참외는 벌레를 품고 있기도 하고, 참외는 투덜대거나, 등을 긁거나, 무릎이 까지거나,

참외1 : 우리는 어두운 우물 속으로 각자의 참외를 자꾸 떨어뜨렸다.

참외2 : 차례를 기다리고 있었다.

참외9 : 비가 내리지 않는 계절, 아픈 강아지의 코처럼,

흙투성이가 된 손톱처럼,

　참외9 : 손을 잡고 집으로 돌아오고 있었다.

　참외의 패턴으로 전개되는 그 모든 숲들. 해소되지 않는 참외들. 참외의 화법으로 우리는 얘기합니다. 거의 모든 참외들이 가지고 있는 것. 파문을 남기고 사라지는 것. 참외에 걸맞은 질문들과 우리 각자가 쥐고 있는 참외들 사이.

　참외4 : 또 다른 보드마카로, 먼 곳에서 화재가 일어난 모양입니다, 라고 적었습니다.

　참외9 : 우리는 노란 가방을 메고 흰 우산을 쓰고, 집으로, 집으로, 집으로,

　참외9 : 집으로,

## 새의 부리가 부드러운 돌을 두드렸다

너는 말하지 않는다.

"새의 부리가 부드러운 돌을 두드렸다."

너는 그렇게 말한다.

가령

"문고리가 있다. 나는 문고리가 있다. 문고리를 계속 따라
간다."

우리는 사방이 전면 유리로 둘러싸인 방에 있다. 방이라
기보다는 거실에 가까운 곳이다. 이곳은 1층이고, 위로 올
라가면 보다 더 아늑하고 개인적인 공간이 있다. 이곳은 모
든 면이 숨 막히는 흰색이다. 하지만 전면 유리 바깥에는
초록 잎을 늘어뜨린 나무들이 있어서 방의 단조로운 색깔
을 보완해 준다.

너는 흰 소파에 앉아 있다. 고개를 숙이고 있다. 어느 날

너는 두툼한 검은 노트를 가져왔다. 그 이후로 나는 네 얼굴을 잊어버릴 때까지 너의 정수리만 봤다. 너는 고개를 들지 않는다. 너는 고개를 들지 않고, 내가 말을 걸면 두툼한 검은 노트에 쓰인 문장을 소리 내어 읽는다.

산책이라도 나갈래?
"즐거운 마약과 낮잠을 즐기는 시간."

내 면도기 봤어?
"토마토를 손으로 으깨지 말 것."

그 노트는 언제까지 읽을 거야?
"문고리가 있다. 나는 문고리가 있다. 문고리를 계속 따라간다."

내가 알고 있는 것은, 네가 문고리를 따라간다는 사실이다. 문고리를 따라가면 어떤 곳에 도착하는지 모른다. 문고리와, 문고리와, 문고리를 지나면 나타나는 문고리의 모양이나 재질에 대해서도. 내가 알고 있는 것은 내가 이런 방에 살 수 있을 만큼 넉넉하지 않다는 것이다. 사실을 말하자면 이런 방을 꿈꾸는 것도 사치스런 일이다. 그렇다면 나는 환상에 대해 쓰고 있다.

바깥에는 비가 오고 있다. 아니, 얼마 전에 비가 그친 것 같다. 공기가 젖어 있고 나무들은 짙은 녹색의 잎을 드리우고 있다. 나는 얼마 전에 현실에서 라일락 한 그루를 고사시켰다. 라일락에 물을 주는 것은 나의 일이었다. 그러나 라일락은 말라 죽었다. 나는 그것에 죄책감을 느끼고 있나?

"칭찬받고 싶어 하는 고양이의 뒷발⋯⋯."

너의 대답은 이런 식이다. 나는 그런 대답에 전혀 불만이 없다. 라일락이 죽은 것에도 나는 별로 불만이 없다. 세상에는 많은 라일락이 있다. 그런데 나는 괜히 투정을 부린다.

"제대로 대답을 해 줘⋯⋯ 할 수 있는 거 알아⋯⋯ 내가 싫어서 그러는 거야? 뭐라도 말을 해 줘⋯⋯ 내가 그냥 가는 게 나을까? 그럼 내가 어디로 가면 좋을까……"

책장 넘어가는 소리

책장 넘어가는 소리

책장 넘어가는 소리

책장 넘어가는……

책장……

다시,
책장이 넘어가는 소리가 들리고

너는 지나치게 말이 없다. 세상의 모든 라일락이 무성했
던 때, 아직 어떤 라일락도 죽은 적이 없을 때, 우리는 더
좁은 방에 있었다. 창문이 없고 베란다가 있는 방이다. 베
란다를 열고 나가면 옆집 옥상이 보였다.

라일락이 죽었을 때
우리가 어떤 문고리 옆에 있었더라?

너는 말하지 않는다.
너는 너의 흰 정수리가 이 방을 모두 집어삼킬 때까지
말하지 않다가
가령
너는 이렇게 말하는데,

"녹은 문고리. 녹슨 문고리. 문에 고리가 달렸다니……."

나는 이곳이 너무 밝다고 생각한다.

위층엔 뭐가 있더라?

너는 두툼한 검은 노트에 문장을 적기 시작한다.

나는 그 문장들이 녹슬거나 녹아 가는 것을 본다.

분명히

너는 덧붙인다.

가령

"새의 부리가 부드러운 돌을 두드렸다."

가령

"새의 날개가 나른한 카펫에 엎드렸다."

그러자

새의 부리가 부드러운 돌을 두드리듯이

눈이 내렸다.

우리는 흰 소파에 나란히 앉아 있다.

초록 잎들이 끊임없이 흔들리는

밤이었다.

# 부재중

"그래도 점심을 먹고 나면 좋은 생각이 떠오를 거야."

4부

# 벌들 벌들 벌들

노랗고 검은
줄무늬
매끈한 꽁무니와 붕붕대는
날갯짓
그리고 주변 사람들의
소스라침……

그리고 건실한 일꾼의 이미지 양봉업자의 친구

이런 것들의 어디가
마음에 들었던 걸까?

## 멜랑콜리 아이스크림

그 가게엔 문을 열 때 딸랑거리는 방울이 없고
그 가게는 새로운 상품이나 장식을 들여놓지 않는다
그 가게의 냉동실 유리는 늘 뿌옇다

강의 물살이 가장 센 지점으로부터 삼십 미터 밑에서
강의 물살이 가장 센 지점까지 허버트 씨는
허버트 씨로부터 조금씩 멀어지고 있는 그 가게를 향해

걷고 있다
터벅터벅

허버트 씨가 파란 물뿌리개를 지나친다 그다음에
풀들이 나타날 것이다 다시 또 다시 또 다시 또 다시

멜랑콜리 아이스크림을 파는
멜랑콜리 아이스크림 가게로

홍수나 화재 같은 것들

모든 빈약한 점심과 깜빡임과 한숨들이 돌아올 것이다


강의 물살이 가장 센 지점으로부터 삼십오 미터 위에
강의 물살이 가장 센 지점으로부터 사십 미터 위에
강의 물살이 가장 센 지점으로부터 오십사 미터 위에


멜랑콜리 아이스크림 가게가 있다


허버트 씨가 멜랑콜리 아이스크림 가게를 따라 걷고
있다

# 나는 두루미의 친구

이제 길게 말하지 않겠어, 키다리 아저씨는 말한다 키다리 아저씨는 항상 흰 빵모자를 쓰고 있다 척하면 척, 그게 그의 모토다 오전에 스테이플러 몇 개 박았어? 모르겠습니다 몇 백 개쯤…… 장난해? 척하면 척, 나와야 할 거 아냐! 나는 키다리 아저씨의 조수고 그는 절대 길게 말하지 않는다 출근할 때 버스를 타면 항상 빨간 망치가 창문 옆에 있다 쾅, 쾅, 두드려 박는 게 탈출하는 방법이란 뜻이다

할 거야
할 거야
할 거야!

키다리 아저씨가 말해서 우리는 한다 언제든 접근 가능한 선물 보따리가 되자 세계 최고의 복사실은 그런 거니까 나는 손님들에 대해 상상하는 걸 즐긴다 한밤중 베란다 커튼을 열고 들어오는 토끼, 나는 바다가 싫더라, 그렇게 말하는 소금 인형, 우울한 표정으로 70부 복사해 주세요, 하고 종이 뭉치를 내미는 뿔테 안경…… 할 거야! 뭘? 모르겠지만 키다리 아저씨는 한다 키다리 아저씨가 하니까 나도

한다 호빵 누나는, 볼이 통통해서 내가 호빵 누나라고 부르는데, 그럴 때 슬그머니 웃는다

호빵 누나를 생각하면서 쾅, 쾅, 스테이플러를 박아 대다 보면 오전은 너무 길고 점심은 너무 짧고, 30분 안에 한 손에는 샌드위치 한 손에는 커피를 들고 셔츠 자락에 다 흘리며 사무실로 돌아온다 어느 날에는 입가에 마요네즈가 묻어 있고 그런 날엔 창문이 흔들리기도 한다 찍고 누르고 위잉 찍고 누르고 위잉 그것도 내 일이다 복사할 때 밑에서 빛이 지나가는데 그건 젖기에도 좋은 빛 안 젖기에도 좋은 빛 질질 끌지 마! 이것도 키다리 아저씨의 말이다

어차피 나는 양치하는 게 싫고
그건 어렸을 때
화장실 바닥이 시멘트라서 아침마다 발이 시려웠기 때문이다
요즘, 요즘은……
호빵 누나를 보면 발바닥이 간지럽고
키다리 아저씨를 보면 훨씬 더 간지럽고

찍고, 누르고, 위잉
찍고, 누르고, 위잉

구름을 보면 키다리 아저씨의 빵모자가 하늘을 떠다니
는 것 같다 너 양치 좀 해라, 아니면 팬티 좀 갈아입어라,
이런 게 키다리 아저씨의 말이다 나는 언제나 두루미를 좋
아했는데 요즘은 판다 생각이 자꾸 난다 흑백논리는 싫어,
이건 내가 사랑하는 판다의 말이다 척하면 척, 척, 척, 퇴근
길 버스는 가시덤불을 지나간다 흰 페인트칠을 한 철제 울
타리가 길게 늘어서 있다 그리고 퇴근길 버스에도 빨간 망
치가 있다

할 거야
할 거야
할 거야!

집에 돌아와 꿈을 꿨다
키다리 아저씨가 흰 빵모자를 벗으니까
정수리 부분이

빨갰다
노랗고 긴 부리도 있었다
그리고
그리고,

# 이 책이 더 많이 대출되기를 바랍니다


뽀르뚜까 씨가 밥을 먹고 싶어 합니다 뽀르뚜까 씨가 평상에 눕고 싶어 합니다 뽀르뚜까 씨가 오렌지 나무를 흔들고 싶어 하고 평생 책을 읽지 않지만 문득 낭독회에 가고 싶어 합니다 태양 빛이 너무 강렬해서 건물과 건물 사이를 뛰어가야 하지만 뽀르뚜까 씨가 건물과 건물 사이를 걸어 도서관에 갑니다 뽀르뚜까 씨가 도서관 문을 엽니다 뽀르뚜까 씨가 배가 아픕니다 뽀르뚜까 씨가 화장실 변기에 앉고 싶어 합니다 뽀르뚜까 씨가 가 보지 못한 많은 추운 나라들이 있습니다 어쩌면 축구를 하지 않는 나라도 하지만 뽀르뚜까 씨의 일생이 적힌 이 책에 대해 뽀르뚜까 씨가 알고 있는 사실들을 적어 내려갑니다 뽀르뚜까 씨가 이 책을 먼 먼 나라로 배송시킨 다음 날에 뽀르뚜까 씨가 적습니다

이 책이 자다가 깨어 커튼을 칩니다 이 책이 더 많이 대출되기를 바랍니다 이 책이 씻고 싶어 합니다 초보 볼 보이에 불과한 이 책이 난방비를 감당하려면 훨씬 더 많은 럭비공을 주워야 하겠지만 그게 이 책이 쓸모없다는 뜻은 아닙니다 이 책이 말합니다 침대 위에서 불 켜진 화장실에

서 럭비장에서 또 서문에서 이 책이 포르투칼에서 쓰였으며 포르투칼은 덥다고 축구에 미친 사람이 많다고 이 책이 생각하기에 시를 잘 쓰는 방법은 1. 헛소리를 하지 말 것 2. 올바른 정서를 가질 것 3. 거짓말을 하지 말 것인데 그 모든 것들이 서문에 적혀 있다고 그런 것을 이 책이 졸린 눈을 비비며 말합니다 이 책이 감기와 먼지와 미래와 습기에 시달리느라 정신이 없기 때문에 차를 마시고 공과금을 내고 럭비공을 줍고 하다가 가끔씩만 생각합니다 이 책이 좋아하는「뽀르뚜까 씨의 일생」이라는 시에서는 뽀르뚜까 씨가 청소부 잭을 만나게 됩니다

## 뽀르뚜까 씨의 일생

  럭비 선수: 나는 그 모든 것을 목격했습니다 청소부 잭은 마스크를 쓰고 작업용 청바지를 입고 목장갑을 꼈고 그래서 뽀르뚜까 씨는 뭔가가 고쳐질 거라고 생각하게 됩니다 뽀르뚜까 씨가 물이 내려가지 않는 변기 위에 앉아 있습니다 작은 조화가 담긴 화분이 선반에 올려져 있습니

다 꽃이 보라색입니다 대걸레가 서 있다가 눕습니다 그날
은 큰 경기가 막 끝났고 그래서 모두가 조금은 과열된 분
위기 속에 있었기에 청소부 잭이 낭독을 시작했을 때 처음
에는 아무도 눈치채지 못합니다 그러나 뽀르뚜까 씨가 물
이 내려가지 않는 변기 위에 앉아 낭독을 듣는 동안 하나
둘 셋 사람들이 넷 다섯 모여들고 이내 울음을 터뜨립니다
뽀르뚜까 씨가 물이 내려가지 않는 변기 위에 앉아 뽀르뚜
까 씨의 허리와 엉덩이를 돌이킬 수 없이 망칠 것이 뻔했
기 때문입니다 하지만 나는 안 울었는데요 이 책이 말합니
다 매일 밭을 갈고 돌을 고르고 여기 오는 도중에 약간 멀
미도 했지만 울지는 않았어요 감기는 누구나 걸리는 건데
요 가까운 미래에 나는 더 추운 나라로 가게 되겠지만 뽀
르뚜까 씨가 밤에 따뜻한 침대에서 잠들면 좋겠습니다 아
침에 뽀르뚜까 씨의 방 창문에 서리가 끼지 않기를 바랍니
다 뽀르뚜까 씨가 무릎을 봅니다 뽀르뚜까 씨가 물이 내려
가지 않는 변기 위에 앉아 말합니다 이 책이 말한 모든 것
은 사실입니다 이 책이 청소부 잭의 어깨를 토닥입니다 이
책이 고개를 끄덕입니다 이 책이 아무 슬픔 없이 말합니다
하지만 이 책이 더 많이 대출되기를 바랍니다 그리고 그건

뽀르뚜까 씨가 물이 내려가지 않는 변기 위에 앉아 들었던
모든 낭독회가 끝난 지금도 똑같습니다 뽀르뚜까 씨가 분
명히 들었습니다

## 어른의 양치법

엉겁결에 고무보트 위에서 뛰어내린 것이다. 아빠의 친
구들이 너 수영은 할 줄 아냐고 놀려서 얼마나 무거울지
상상도 안 가는 흰 구름 아래 아저씨들의 상반신이 둥둥
떠 있는 물속으로. 어린이집 시절 잠깐 수영장에 다녔고 수
영장에 들어가기 전에 샤워장이 있었지. 거품을 몸에 뚝뚝
떨어뜨리며 양치하던 아줌마들. 꽉 끼는 수영모를 쓰고 어
푸어푸 자유영을 배우고, 배영은 물을 너무 마셔서 그만뒀
지만 엉겁결에 나는 쭉 뻗은 50미터 수영장을 거침없이 왕
복하는 상상 속의 나, 그 위에 뜨거운 햇살과 영영 뚜껑이
없는 천장을 설치해 버린 것이다. 여름방학…… 그건 장판
위를 뒹굴거리며 몸을 마모시키는 날들이었고 10년 쯤 지
난 후 나는 진짜 갈매기와 모래사장과 아빠와 아빠 친구
들이 운영하는 포장마차가 있는 바다로 뛰어들었다. 엄마
는 과일 장사를 했었고 그땐 흔적도 없던 아빠가 전복이
흔적도 없이 녹아 버린 전복죽을 파는 여름으로. 엉겁결에
주먹을 꽉 쥐어 버린 것이다. 발이 닿지 않는 진짜 바다 어
푸어푸 제자리에서 헤엄치다 보면 아저씨들이 낄낄거리며
너 그런 수영은 어디서 배웠냐 묻고 그 질문에 대답하려고
머리를 물속에서 꺼내는 동안 끝나 버린 여름방학과 나를

놓친 고무보트만 망망히 바다를 떠가는 여름. 그리고 또 여름, 여름. 이제는 아빠도 아빠 친구들도 뿔뿔이 흩어졌는데 나는 어푸어푸 상반신만 드러난 거울을 보며 세수를 하고 양치를 하다가 지금 나 좀 그때의 아줌마 같지 않나? 생각하다가 고무보트 바닥이 물결에 마모되려면 얼마나 걸리려나 지금쯤 전부 닳아 없어졌을까…… 수도꼭지를 너무 세게 잠가 버리는 것이다.

# 제빵의 귀재

닥치고 크로와상이나 먹어, 그런 말에선 향긋한 버터향
이 난다 흰 반죽을 밀대로 밀고 접고 다시 밀고 다시 접어
켜켜이 층을 내지 너는 제빵의 귀재다 네가 만든 크로와
상을 처음 먹었을 때 그때도 나는 슬픈 이야기를 하고 있
었지 그때 네 앞치마의 줄무늬 패턴, 손목으로 땀을 닦아
낼 때 드러나던 흰 이마, 빚을 많이 진 남자에 대한 이야기
를 계속 하니까 닥치고 크로와상이나 먹어, 처음 말하던
순간도 다 기억나는데 나는 일그러진 하늘로부터 일그러지
지 않은 하늘 아래로 내쫓긴 거야 내가 알고 있던 슬픈 이
야기도 다 떨어졌고 이제 나는 좋은 사람으로 표상되지 않
는 하늘과 구름과 함께 앞으로는 되도록 반복되는 인생을
살아야 한다 그게 너무 슬퍼서 엉엉 울었는데 너는 울지
마, 울지 마, 닥치고 크로와상이나 먹어, 그 말만 하면서 밀
대를 놓지도 못하고 나는 어쩔 수 없이 슬프지 않은

이야기를 시작해야 한다 지금도 너는 흰 반죽을 밀대
로 밀고 접고 다시 밀고 다시 접어 켜켜이 층을 내고 있지
만 들어 봐, 어느 날 열린 창문으로 말벌이 들어왔고 막 결
혼한 부부는 놀란 나머지 부엌의 모든 식기를 깨뜨리고 말

았다…… 내가 궁금한 건 이래 사람들은 왜 이런 이야기를 구원의 이미지라고 생각하는 걸까? 너는 여전히 제빵의 귀재고 나는 여전히 네 말을 믿지만 너와 내가 가진 모든 창문들이 열리고 만 거야 닥치고 크로와상이나 먹어, 그런 말에선 여전히 향긋한 버터 향이 나지만

# 코끼리식 식사법

우리에게는 우리의 식사법이 있습니다 막 돌린 쌀밥을 한 술 뜨고 김치 한 젓갈 진미채 볶음 한 젓갈을 집어 먹습니다 다시 쌀밥을 두 술 떠먹습니다 밥 반찬 반찬 밥 밥이 1:2:2의 비율로 이루어지는 식사입니다 늘 먹어 왔던 스크램블드 에그도 좋습니다 스크램블드 에그에 대해서라면 이름만 들어도 딸꾹질이 날 것 같습니다 특히나 그것이 한식이라는 점에 대하여…… 놀랐습니까? 그것이 우리의 식사법입니다 스크램블드 에그의 경우에도 비율은 똑같습니다 밥 김치 도토리묵 계란 계란, 그리고 다시, 1:2:2의 비율입니다 우리는 점잖은 사람들입니다 점잖음에 대해서라면 결코 지지 않을 자신이 있습니다 점잖음을 잃는 것만큼은 남방 단추가 모두 떨어질 만큼 싫습니다 테이블 매너는 다소 딱딱한 분위기를 풀어 주기 위해 정해진 일종의 규칙이므로

- 후두둑 비가 와도 뛰지 않습니다 추워도
- 곁불은 쬐지 않습니다
- 멀어지다가 꼭 고함을 질러야 한다면
- 평균 생활 소음인 40데시벨 이하로, 쩝쩝

- 쩝쩝 소리를 자꾸 냈을 시
- 평소 가정교육이 짐작될 수 있으므로 삼가고
- 꼭 죽어야 한다면 다른 사람들과 보조를 맞추어 너무
- 빠르지도 느리지도 않도록 합니다

코끼리를 보면 코끼리의
코끼리다운 무거운 눈꺼풀이 말하자면
코끼리의 압도적인 코끼리적인 울음소리의 길이와
세기와 호소력과

종이 상자의 모서리를 깨물고 싶다
종이 상자의 모서리를 깨물고 싶어……
중얼거리는 사람에 대하여

우리는 점잖게 말하겠습니다 여우에게는 여우의 식사법
이, 두루미에게는 두루미의 식사법이 있습니다 여우는 넓
은 접시에 토마토 수프를 담아 후후 불어 먹습니다 두루미
는 헛기침을 합니다 두루미는 호리병에 감자 수프를 담아
호로록 먹습니다 여우는 침을 삼킵니다 그런 뜻입니다 째

깍째깍 벽에는 동그란 시계가 걸려 있습니다 흘금흘금 옆
눈으로 몰래 쳐다보면서 우리는 여우와 두루미가 겸상을
했을 때 발생하는 식탁입니다 여우는 여우의 식사를 두루
미는 두루미의 식사를…… 그것이 바로 우리의 식탁입니다

그럼 간단한 질문을 드리겠습니다

(문제) 다음의 보기를 읽고 가장 적절한 항목에 체크 표
시를 해 주십시오

(보기) 어렸을 때 당신은 굉장한 시골에 살았습니다 집
앞에는 무화과나무가 자라고 마당 주변에는 석류가 피었
습니다 집 뒤편에 오리장을 만들어 오리를 기르고, 닭장을
만들어 닭을 기르고, 똥개를 세 마리쯤 묶어 기르고, 흰
토끼, 당신이 엄마에게 꼭 흰토끼여야만 한다고 졸라서, 엄
마가 점박이 토끼를 사 왔다가 다시 시장까지 가서 흰토끼
로 바꿔 온 .ㄱ 흰토끼를 조그만 우리에서 기르고(그러나 당
신은 이슬이 묻은 풀을 흰토끼에게 수었고 흰도끼는 금방 죽어
버렸고), 또 검은 염소를 길렀습니다

생각해 봅시다 오리는 구워 먹었습니다 닭에게선 계란을 거두었고 좋은 날엔 푹 삶아 식탁에 올렸습니다 똥개는 골목을 향해 짖었습니다 흰토끼는 당신에게 삶과 죽음, 책임과 점잖음을 알려 주었습니다 하지만 당신은 어른이 되고 난 뒤에도 가끔 생각합니다 그 검은 염소는 도대체 왜 있었던 것일까? 까만 털과 그보다 더 까만 눈동자 먼 풍경을 보는 고개 되새김질 단단한 발굽 흙을 밟는 소리 타박타박이는 저녁과 저녁 사이 흰 텃밭에 묶인…… 그 염소를 길렀던 이유는 무엇일까요?(3점)

① 염소의 식사법인 되새김질을 배우고 싶어서
② 오리와 닭과 같이 식용으로 쓰기 위해
③ 굉장한 시골에 살다 보면 누구나 울고 싶을 때가 있기 때문에
④ 어린 아이를 붙들고 울기에는 모든 면에서 적절치 않았기 때문에
⑤ 그냥 귀여워서

스크램블드 에그가 거의 준비되었습니다 우리는 답을 알고 있지만 결코 말하지 않을 것입니다 우리의 식사법, 그중 하나는 죽어도 우리가 누구인지 말하지 않는다는 것입니다 1:2:2의 비율로 침묵 항복 항복 점잖음 점잖음을 반복합니다 그런 식탁에 대해서⋯⋯ "내가 왜 이런 말을 들어야 하는지 모르겠어요" 그런 대화에 대해서⋯⋯ 코끼리는 할 말을 잃습니다 김치와 진미채 볶음을 아그작 아그작, 그런 소리에 대해서⋯⋯ 코끼리 가족은 이동하기 시작합니다 스크램블드 에그가 거의 준비되었습니다 코끼리 가족은 어디로 가나요? 새로운 목초지를 찾았나요? 긴 코로 나무를 움켜쥐고 석양을 등지고 오늘의 새로운 식사법을 들판에 쿵쿵 새기고 있습니까? "내가 왜 이런 문제를 풀어야 하는지 모르겠어요" 우리 중 누가 그런 질문을 던지면, 우리 모두 1:2:2의 비율을 떠올립니다 놀랐습니까? 스크램블드 에그가 거의 준비되었습니다 우리만 식사를 하는 것은 아닙니다, 명확하게도, 그런데, 우리는 언제나 한 식탁에서, 스크램블드 에그와, 스크램블드 에그와, 또 한 접시의 스크램블드 에그와⋯⋯

# 그림 그리기 준비

일본에서 사온 종잇장 같은 위스키 잔(회색 세로 줄무늬가 그어져 있다)을 선물해 준 친구와 나는 테니스장에서 만날 수 있다. 탁구장에서 만나거나. 농구장에서 만나거나. 축구공을 들고 흰 양말과 축구화를 신고 학교 운동장에서 만나거나. 수영장에서 만난다면 물을 많이 먹을 것이다. 위스키 잔을 선물해 주지 않은 친구 중 한 명은 복싱을 한다. 복싱장에서 만날 수도 있다. 나는 많이 맞을 것이다. 하지만 괜찮다. 기원에서 만나서 바둑을 두거나. 트랙에서 만나 한 시간 동안 달리기만 하거나. 예를 들어 오늘은 한 세트도 내주지 않고 다 이길 거야. 탁구공으로 이마를 맞힐 거야. 태클을 걸어서 넘어뜨릴 거야. 농구공으로 손가락을 접지르게 할 거야. 우리는. 테니스를 칠 줄 모르는 친구들과 모여서 테니스 코트가 있는 시골의 숙소로 여행을 갈 수도 있다. 테니스를 치다가 나무 그늘에서 쉬다가 테니스를 치다가 해가 지면 지는 햇빛 속에서 테니스를 치다가…… 모두가 돌아가면 나타나는 동물들을 위스키 잔 옆면에 그리면 된다. 번데기, 토끼, 암소, 그리고 귀여운 불곰. 밤 동물들. 그 전에 뭔가를 마시려고 나는 냉장고에서 우유를 꺼내 회색 줄무늬 잔에 가득 따른다.

## 그러나 노랗고 무거운

내가 그걸 처음 발견한 건 호빵 누나를 만났을 때였다.
파랗고 길쭉하고 조금 굽은 애호박.
세면대에 올려 두고 수세미에 퐁퐁을 묻혀 씻고 있었다.
뭐 그럴 수 있지. 뭉게구름 아래
바람 빠진 형광색 족구공을 좀 차고 놀다 보니
오늘의 점심 메뉴는 호박죽. 반찬은 호박 무침.
알감자 머리에
보라색 오버 핏 츄리닝을 즐겨 입는 허버트 씨는
할로윈을 준비하고 있었다. 거대한 주홍색 호박에
무서운 눈 코 입을 뚫고 그 안에
전구를 넣는 중이었다.
지금 여름인데? 내가 묻자
그는 어깨를 으쓱하고는 다시 자신의 호박에 열중했다.
정원으로 나가자
나무 인간이 메마른 땅을 들여다보고 있었다.
내 맷돌호박들이 언제 싹을 틔울지 바라보고 있었어.
나무 인간은 쪼그려 앉은 채로 잠시 생각하더니 덧붙였다.
올해는 흉작인 것 같아……

고양이를 좋아하는 모모에게 갔다.

침대 베개 옆에 있었다.

이번에 새로 장만한 스파게티국수호박이야. 밤에
잠을 잘 자는데 도움이 돼.

알 듯 모를 듯했다. 구름은 제멋대로 흘러다녔다.

밖을 돌아다니다가

나는 화단 아래서 호박을 하나 주워 들었다. 나도 이제
두 팔에 가득 차는 노랗고 무거운 호박을 들고 있었다.

다른 호박들과 비슷한, 그러나

노랗고 무거운 나만의 호박을.

# 작은 공터의 미래

주제: 앞으로 30년 미래에 대해 5년 단위로 작성 — 저는 지금 30살입니다. 35살까지 저는 학업을 마치고 여자 친구와 결혼해 투룸을 구해 사는 것이 목표입니다. 방은 최소한 두 개가 필요하다고 결론을 내렸는데 한 사람이 잠이 오지 않아서 일어났을 때도 다른 한 사람이 여전히 잠들어 있을 수 있어야 하기 때문입니다. 40살까지 저는 열심히 일을 해서 노후자금을 마련하는 한편 식물 관련 서적을 틈틈이 읽고 길을 가다 보이는 나무와 풀들의 이름을 맞히는 연습을 하며 지내겠습니다. 45살까지 저는 학자금 대출과 전세금 대출을 완납하고 베란다에 화분을 놓고 작은 정원 만들기를 연습하기 시작할 것입니다. 책장 위에는 작은 다육이들을 놓고 잎이 하나씩 떨어져 고사하지 않게 잘 돌봐줄 것입니다. 저는 예전에 라일락 나무에 물을 주는 사람이었는데 건물 현관에 놓여 있던 그 라일락 나무는 고사하고 말았고 저는 상관에게 물을 제때 줬는데 왜 말라 죽었는지 모르겠다고 했지만 사실 물을 제대로 주지 않았었습니다. 50살까지 저는 베란다에 혹은 골목의 공터에 작은 정원을 만들고 정원 관리에 대한 서적을 탐독하며 전문 정원사로서의 꿈을 차차 실현해 나가기 시작할 것입니다. 55살

까지 저는 정원에 갖가지 종류의 나무들을 기르고 가꾸어 그 지역에서 가장 아름다운 정원을 만들고 싶습니다. 특히 비닐하우스와 유리 온실을 이용해 열대 식물들을 들여놓고 시 당국의 지원을 받아 무료로 시민들에게 개방된 정원을 만들어 국제 정원 가꾸기 경연 대회에 참가해 보고 싶습니다. 60살까지 저는 정원을 즐기며 차차 정리하고 제가 정원을 만들었던 곳을 다시 골목의 작은 공터로 되돌려 놓을 것입니다.

## 저택 관리인

마루야, 하고 나는 마루를 불렀는데 방 안에 있던
푸들들이 다 우르르 달려오는 거야 백한 마리나 되는 이
푸들들의 이름을 다 마루라고 한다면 겹치는 걸까?
겹치면 더 좋겠지…… 나는 구분 가지 않는 것들을 사
랑해
그 불가능성이 그 푸들들을 전부 다 사랑하게 만들었지
어쩔 수가 없어서 다 사랑할 수밖에 없었던 거야
그렇게 나는 푸들들에 둘러싸여서 산더미 같은 개밥 포
대를 뒤적거리며 살고 있어 하지만 가끔은

나는 몸이 하나인데 푸들들은 너무 많다, 너무……
너무 깜짝 놀라서 울고 싶어지는 거야 이렇게

멍멍
멍멍,

하고

# 지구에 사는 어떤 신과 나뭇가지

어느 고아원이었다. 소년과 소녀가 나란히 앉아 아름드리 느티나무를 보고 있다.

난 어리고 코흘리개에 부모도 없는 처지지만, 그래도 신이야. 난 뭐든지 할 수 있어. 소년이 말했다.

말도 안 되는 소리 하지 마. 소녀가 말했다. 소년과 소녀는 잘 만들어진 한 쌍의 젓가락처럼 가지런했다.

어느 고아원의 소년, 작고 어린 신이 말했다. 그럼 내가 뭘 해 볼까. 나뭇가지를 부러뜨려 봐. 소녀가 말했다.

소녀는 터무니없이 아름다운 복숭아뼈를 가지고 있었다.

소년과 소녀는 함께 나뭇가지를 바라봤다.

고아원의 철 대문이 삐걱거렸다. 햇빛은 녹색 그림자를 드리우고 있었다.

소년은 솔방울을 던졌다.

느티나무 밑동에서 툭, 하고 조그만 소리가 났다. 나뭇가지가 부러지지 않았다.

작은 새가 앉았다가 날아갔다. 나뭇가지가 흔들렸다. 나뭇가지가 부러지지 않았다.

그리고, 갑자기 큰 바람이 불었다. 소년과 소녀가 깜짝 놀랐다. 나뭇가지가 부러지지 않았다.

나뭇가지를 부러뜨리는 일은 구구단처럼 복잡하구나.

어린 신의 머릿속은 오래된 노란 장판처럼 무언가를 들어낸 자국이 있었다.


고아원의 점심시간을 알리는 종이 울리자, 소년과 소녀는 뿔뿔이 흩어졌다.

복숭아뼈를 잊은 소년은 세탁소에 취업했고

솔방울을 잊은 소녀는 커피 내리는 일을 했다. 까맣게 서로를 잊은 채로

툭, 하는 조그만 소리처럼 그들은 죽었다.

그리고, 갑자기 오랜 시간이 지났다. 유행가가 천 번은 넘게 바뀌고, 고아원이라는 개념도 사라지고,

어린 소년과 어린 소녀들 중 누구도 어린 신이 될 필요가 없는 세계였다.

그런 세계로 흰 쌀알처럼 햇빛이 쏟아지는 날이었다. 흘러내리는 콧물처럼 부드럽게

수명을 다한 느티나무의 썩은 가지 하나가 부러졌다.

아주 오래전에, 고아원이라는 것이 있던 거리에서
툭, 하는
작은 소리와 함께
소년도 없이
소녀도 없이

# 디디와 디디의 밤 모텔

티브이에서는 중국 무협 영화 디디는 순대를 사와서 아무 말도 없이 먹는다 메에 메에 양 무늬 시트 침대 위 모기는 한 마리 두 마리 세 마리 꽁지머리를 한 남자들이 대나무 숲에서 출렁이는 칼을 뽑는다 이 나무에서 저 나무로 훌쩍훌쩍 옮겨 다닌다 나는 옆방에서 신음 소리가 들려오면 어떡하지 방 안을 뒤지며 이 나무에서 저 나무로 옮겨 다니는 모기는 한 마리 두 마리 세 마리 디디와 나는 어렸을 때 저 영화를 같이 본 적이 있었나 없었나 생각하지만 영화는 끝나가도록 그 어떤 인물의 어린 시절 회상 장면도 보여주지 않는다 디디가 침대에 눕고 식어 가는 순대와 모기는 한 마리 두 마리 세 마리 디디와 나는 잠들고 일어나면 몸이 가렵겠지 메에 메에 울겠지 움직여야 하겠지 지루하게 이 나무에서 저 나무로

두꺼운 분홍색 커튼을 치며 디디가 평생 몰았던 트럭과 들고 있던 리모컨 사이를 윙윙거리는 모기는 한 마리 두 마리 세 마리 디디는 어저께처럼 그저께처럼 몸을 씻지 않고 티브이 채널을 돌리면 또 다른 전쟁 영화 나는 저 침대에서 자지 않을 거야 나는 그냥 싸구려 샴푸와 바디워시

로 몸을 씻으려고 해 디디의 트럭은 멈추겠지 모기는 양처럼 귀엽지 않고 뽀송뽀송하지 않고 하얗지 않고 울타리를 폴짝 뛰어넘지도 않는데 모기를 잡으며 나는 눈꺼풀이 감긴다 다시 깨어나지 않고 잠드는 모기는 한 마리 두 마리 세 마리 풀 한 포기 없는 디디와 디디의 밤 모텔에서 디디와 나는 자신의 열매를 다 따 버린 사람들처럼 이 나무에서 저 나무로 움직이다가 움직이지 않다가 움직이기 시작하는 슬픈 모기는 스무 마리 스물한 마리 스물두 마리……

# 바다로 가는 밤 보트

골동품이 갯벌 밑에 많이 묻혀 있다고 했다 아르바이트 지원자들이 내륙에서 출발해 바다로 가는 밤 보트를 타고 그릇이나 수저 따위가 묻혀 있는 바다로 가고 있었다

나는 가끔 잠에서 깨어 반딧불이가 웅성이는 물가의 나뭇가지를 보거나 배가 급류에 휩쓸려 밑으로 쑥 빠지는 것을 느끼며 오랜만에 신게 될 노랗고 미끌거리는 긴 장화를 생각했다 다리를 빨아들이는 갯벌과 검은 진흙이 묻은 맨살과 맛조개처럼 갯벌에 남겨진 노랗고 미끌거리는 긴 장화

그러나 도착한 곳은 여전히 내륙이었고 우리는 높고 가파른 언덕을 올라 새벽 청국장을 먹고 헤어졌다 나는 노랗고 미끌거리는 긴 장화를 생각하며 이게 끝이에요? 물었다 식사를 마친 사람들이 뿔뿔이 흩어졌다 아 우리 갈 때는 각자 가는데 얘기를 안 해 줬구나 나는 크게 상관없었지만 누군가 그건 조금 감동적이지 않네요 했고 나는 그렇죠 근데 그분들이 누구 감동시키려고 사는 것도 아니잖아요 대답하고 일어서는데

나는 어떻게 돌아가지 언덕 저편에서 막 뜨는 해가 언덕 쪽으로 강하게 때리는 빛살에 잠겨 나는 아무것도 한 게 없어서 밤새 보트를 탄 일당도 못 받았는데 왠지 아직 끝

나지 않았거나 이미 시작된 일이 있는 것 같아

　　나는 이게 끝이에요? 묻는데 문득 친숙한 느낌이

　　들었다 발밑을 내려다보니

　　나는 내내 노랗고 미끌거리는 긴 장화를 신고 있었다

# 비가 오는 세계

나무 문을 닫기 전에 그가 말했다: 나는 헛소리나 믿는 작자와는 상종하고 싶지 않아

그는 허리가 굽었고 갈색 콧수염이 풍성하게 났으며 해질 무렵이면 잔디깎이 기계를 오래오래 돌렸고

빗방울이 너무 많아서 하나하나 셀 수가 없어서 비란 건 없다고 생각했다

정원의 잔디를 손질하다 비가 내리는 날이면 ── '내 몸이 축축해진 건 마음이 젖었기 때문이야'

젖은 몸을 이끌고 침대로 가서 그는 '나는 왜 우울한 거지', '왜 마음이 우울해진 거지' 생각했다 그리고 오랜 고민 끝에 그것이 나를 사랑하기 때문이라는 결론을 내렸다

그러나 옷은 마를 것이다: 노크를 하고 나는 기다렸다

# 레몬 빵 레시피

메모. 레몬 마들렌을 만들기 위한 간단한 레시피: 박력분 200그램, 베이킹파우더 4그램, 설탕 200그램, 달걀 4개, 레몬 껍질 2그램, 소금 1그램, 버터 200그램.

# 나무들

그는 걸었다. 그는 한참 전에 천 가게를 지나쳐 왔다. 그는 그 뒤로도 계속 걸어서, 이제는 딱히 상가가 보이지 않는 한적한 길을 걷고 있었다. 한적한 길을 그는 걸었다. 가끔 동네 식당을 지나긴 했지만 별로 지나쳤다고 할 만한 가게가 없었다. 한적한 길이었다. 한적한…… 그러다 그는 자신이 가로수를 계속 지나치고 있다는 사실을 깨달았다.

왜 내가 가로수를 지나치고 있다는 생각을 진작 못했지?

그는 걸었다. 그는 한적한 길을 걸었다. 그는 가로수 하나를 지나치고, 가로수 둘을 지나치고, 가로…… 그는 자리에 멈췄다. 문제는 가로수가 너무 촘촘히 심어져 있어서 '가로……'까지만 적어도 이미 하나의 가로수를 지나친 후라는 것이었다. '가로수 하나를 지나치고'까지 적었을 즈음에는 이미 두셋의 가로수는 지나친 후였다. 그는 '가로수 둘을 지나치고'라고 적었을 때 실제로 그가 몇 그루의 가로수를 지나쳤는지 세어 봤다. 총 여섯 그루였다. 조금 빨리 걸은 셈이었다. 그는 여섯 그루의 가로수를 지켜보며 잠시 생각에 잠겼다. 그러나 여섯 그루의 가로수는 그에게 큰 의미가 있었다. 가령 그것은 긴 코로 눈을 비비던 파란 코끼리처럼 그냥 지나칠 수가 없었다. 그는 약간의 고민 끝에 좋은 방법을 생각해 냈다. 그는 천천히 걷기로 했다. 가로수를 지난 것을 기록할 수 있을 정도로 천천히. 그는 천천히 걸었다. 가로수 하나를 지나고, 가로수 둘을 지나, 가로수 셋을 지나, 가로수 넷을 지나, 가로수 다섯을 지나……

## 멈춘다


　나는 늘 노인이 되고 싶었는데…… 어느 날은 자고 일어나니 살찐 할아버지가 되어 흰 침대에 누워 있었다.


　나는 주름진 손으로 나무껍질 같은 피부를 만져 보았다.
　깨끗하고 단정한 옷과 잘 닦인 구두처럼 빛나는 미소와 확신과 아름다운 치아 같은 것들에
　짓밟히고 채여서 닳아진 할아버지 영혼이 느껴졌다.
　이런 게 할아버지로군.
　이제 내 영혼은 하나도 소중하지 않았다 ── 나는 여름날 끝나지 않는 운동장을 걷는 것에 완전히 지쳐 버렸고
　바구니에 잔뜩 담긴 야구공을 쏟아 버리고 만 거야.


　나는 그중 아무 공이나 주워 들고 돌아갈 수 있었지만
　그냥 그대로 놔두었다. 멀리 보이는 주황색 고깔들……


　나는 다시 잠들어도
　어려지지 않을 것이다.

# 뭉게구름 아래의 말벌

뭉게구름 아래 말벌이 날고 있다. 비가 그친 뒤의 거리 위로 햇빛이 쏟아졌다.

허버트 씨는 방금 가게의 파란 셔터를 내렸다. 자전거 두 대가 페달을 멈추고 체인이 스스로 차르르 돌아가는 소리를 내며 허버트 씨를 스쳐 지나갔다. 바큇살에 반사된 햇빛은 이상하게 신경이 쓰이는 방식으로 반짝거리고 그는 몸속이 녹는다고 느낀다. 아니면 딱딱해지거나.

그는 배달부가 되어야겠다고 생각한다. 레몬과 레몬 빵 그리고 미래 레몬 빵을 배달하는 배달부.

검은 노트의 문장을 들고 거리를 걸으며 참외와 거위의 'as if-미래'를 생각하는-생각하지 못하는, 가능성-불가능성의 이원론을 밟고 걸어 다니는 코끼리의 식사법과 연립주택 102호 정리하기-잠자기, 의미-의문의 자리와 글쓰기의 방식을 타진하기

조재룡(문학평론가)

> 시의 기술이란 자신의 힘을 비평적 목록으로 쪼개지 않고서도 전달할 수 있지요. 시가 허공에 말을 던지는 경박하고 무책임한 광대가 되어야 한다는 뜻은 아닙니다. 그렇지만 좋은 시의 바로 그 느낌은 존재를 위해 자신만의 이유를 전합니다.
>
> — 찰스 부코스키*

**방법과 구조, 그리고 의미, 여전히-아직도 의미**

사물의 참된 의미가 사물 자체의 고정된 속성에 의해서가 아니라 사물들 간의 상호 관계에 따라 결정된다는 사실

---

* 찰스 부코스키,『글쓰기에 대하여』(박현주 옮김), 시공사, 2016, 37쪽.

은, 적어도 말-언어에도 적용되는 것으로 보아야 한다. 전체를 구성하는 여러 항들이 있다. 이 항들은 개별적으로 진(眞)과 위(僞)를 하나하나 파악하여 도달하는 어떤 총체, 즉 그것들의 '합'에서 의미를 산출하는 것이 아니라, 이 항들 서로 간에 맺고 있는 관계에 의해 비로소 제각각이 자기 '값'을 가질 뿐이다. 시집도, 시집의 편편도, 그 편편을 이루고 있는 단락들도, 단락을 메우고 있는 문장들도, 문장을 구성하는 낱말들, 낱말을 이루는 음소들도 마찬가지다. 거꾸로 가는 방식, 즉 더해서 합을 산출하는 방식은 그저 보태진 결과물, 그러니까 항들의 '관계성'을 배제한, 총체(total)에 도달할 뿐이며, 전체를 나누는 분할에서조차 의미는 고립된 상태에서 발생하지 않는다. 강보원의 시는, 삶에서, 생활에서, 그 경험에서 길러온 말들을 배치하고, 이야기의 방을 열어, 독특한 구조 속, 저 숱한 시도들을 한 아름 펼쳐 놓지만, '선험적으로' 의미의 자리를 마련하는 대신, 오히려 말의 잠재성과 가능성을 탐구하고 그 방식을 조직한다.

그는 이제     산책을 나갔다 그러니까              그는
지금 여기     없다     우리는 그가     가고 없는
집에서 이런     저런 물건들을     살펴보고          만져
볼 수 있다     그가 사과를     깎은 과도를 들었다가
그의 입술     자국이 남은     물컵을 내려놓는 식

으로    그의     집은 침실        하나와 작업실 하나
이렇게 방이    두 개 있고        작은                거실이
하나    있는 아담하고    평범한                    집이다
그는 종이    신문을 읽지        않는다 그가 읽던
책 몇 권이    책상에 올려져 있다            그가
어디로    산책을        갔는지 여기서            알기
는                어렵다 그러나 우리의 탐구        방법
은 그러니까    우리가        그를 알기 위해
기울이는            노력은 그가                없기
에    비로소        가능한            것이다
불연속과                구조가        중요하다    이
둘은 서로    모순되는 두 요소인데        그 말은
둘이 함께    있을 때만 무슨 의미가    있다는    뜻이
다            가령 그와 그가 없는
그의    집이 서로에게 의존하고 있으며 바로        그
사실로부터만            우리가 그를 알아갈 수 있는
        것처럼 말이다    그렇지만            아 직
풀리지    않은 의문이    하나    있다 그 의문은 무엇
일까?

                ─「너무 헛기침이 많은 노배우의 일생」에서


우리는 "아침이면 오렌지 주스를 갈아 먹었"던 "그", "결
심했고, 불평했고, 울었고, 웃었고, 잠잤고, 달렸고, 멈췄

던", 저 과거의 "헛기침이 많은 노배우"를 알려고 한다. '그'
가 지금은 '없는' 집을 방문한다. 부재하는 '그', 그의 생활,
그의 삶, 그의 흔적들이 집에 남아 있을 것이다. "그는 지
금 여기    없다". "여기"와 "없다"는, 이 두 낱말 사이의 여
백만큼, 정확히 바로 그만큼, 각기 다른 감정을 갖는다. 또
한 '여기' ― [    ] ― '없다'와 같은 구조의 배치에 있어서,
여백 [   ]의 크기는 행마다 조금씩 다르며, 따라서 여백이
그 자체로 고정된 의미를 갖는 것은 아니다. 여백 앞에 놓
인 낱말들은 여백의 그 길이만큼 상이한 여운을 가지며,
또 바로 그만큼, 각각의 특질을 다양한 방식으로 지연시킨
다. 왜냐하면 여백은 화행(話行)이 미처 마무리되지 않은
상태를 고지하며, 결국 휴지(休止) 이상으로, 문장을 끊어
내고 나서, 이내 이어져 여백 다음에 배치된 말에, 그러니
까 마치 당겼던 용수철을 갑자기 풀 때 발생하는 타격처럼,
'주관성'을 적재하기 때문이다. 여백 이후, 미완의 화행에서
최초로 등장한 낱말은 여백 앞에 놓인 다른 낱말과 결합
하거나 혹은 헤어지면서, 확정할 수 없음의 차이를 만들어
내고, 이를 통해 '그'를 알기 위해 기울인 노력의 성질을 재
현한다. '그의 부재', 즉 '없음'으로 가능해진 '그의 존재', 즉
'있음'에 대한 탐구는, 서로 모순되거나 반대로 보일, 바로
이 '그의 있음'과 '그의 없음'에 "서로에게 의존하고 있"으며,
마치 떼어 내려야 떼어 낼 수 없는 종이 한 장의 지 앞뒷
면처럼, 오로지 서로의 관계에 의지해서만 "그를 알아갈 수

있는" 것이다. 그의 '있음'은 추상적 실체가 아니라, 그의 '없음'으로만 의미를 갖는 무엇이며, 그의 '없음'은 형이상학의 '무(無)'가 아니라, 그의 '있음'으로만 가치를 지닌다. 존재하지만 부재하는, 부재하지만 존재하는 구조 속에서 "그를 알아갈 수 있"다는 것은, '의미'가 과연 어떻게 생성되는지, 어떻게 낱말과 문장이 비로소 의미를 지닐 수 있는지, 그 가능성에 관한 물음이자 이와 같은 사실에 대한 알레고리이다. 의미는 이처럼 관계의 산물이다. 그러나 이것이 의미의 자리를 타진하는 데 요청되는 충만한 요소는 아니다. 같은 작품에서 인용한다.


그가

좋아하는

속담

하나

아 다르고

어

다르다


월급은 변변치 않았으나 학원에서 일한 적도 있었다
계단 청소를 한 적도 있었는데 꽤 많은 돈을 벌었다


왜냐하면

아와

어는

원래

다르기 때문

이다

　　　　　　　──「너무 헛기침이 많은 노배우의 일생」에서


　흔히 '어' 다르고 '아' 다르다고 말한다. 말조심을 권고할
때 자주 등장하는, 속담이 되다시피 한 이 말은, 사실 "그
를 알아갈 수 있"는 또 다른 가능성 중 하나, 즉 의미 생성
에 필요한("헛기침이 많은 노배우"를 알아가는 데 필요한) 루트
중 하나를 빗댄 또 하나의 알레고리다. 언어는 실체를 갖
는 소리를 사용한다. 그러나 소리가 그 자체로 언어, 즉 의
미를 갖는 말이 되는 것은 아니다. 음소가 서로 결합하여
구성된 낱말은 다른 낱말과의 관계 속에서, 오로지 서로의
소리가 빚어내는 차이를 통해서만 제 값을 가지기 때문이
다. 가령 '강아지'는 '송아지'가 아닌 '강아지', '송아지'가 아
닌 '망아지'가 아닌 '강아지'이다. 이처럼 하나의 낱말은 ≠
낱말 1 ≠ 낱말 2 ≠ 낱말 3 ≠ 낱말 4 (……) ≠ 낱말 n, 즉
그 낱말을 '구별해 주는-(특히 '아'와 '어'처럼 이항(移項)-대
립하는 다른 낱말들을 통해 빚어지는 '관계' 속에서만 오
롯이 제값을 갖는다. 실상 이것이 낱말의 전부라고 해도 과
언은 아니다. "그는 이 속담을 좋아한다"고 시인은 말한다.

"월급은 변변치 않았으나 학원에서 일한 적도 있었다"는 이렇게 '월급은 변변치 않았으며 학원에서 일한 적도 있었다'도, 더구나 '월급은 변변치 않았으나 학원에서 일한 적이 있었다'도, 나아가 '월급은 변변치 않았으며 학원에서 일한 적이 있었다'도 아니다. 마찬가지로 "계단 청소를 한 적도 있었는데 꽤 많은 돈을 벌었다"는 '계단 청소를 한 적이 있었는데 꽤 많은 돈을 벌었다'도 아니며, '계단 청소를 한 적이 있었는데 꽤 많은 돈을 벌었다'도, '계단 청소를 한 적이 있었는데 꽤 많은 돈도 벌었다'도 아니다. 이렇게 단 하나의 음절 차이로 인해 문장의 의미가 달라진다. 실사나 형용사, 동사처럼, 흔히 의미 발생의 주된 역할을 하는 요소-품사도 아닌, 그저 동일한 연결어미인데도 서로 대립하는 관계 속에서 상이한 가치를 지니는 '나'와 '며'의 저 차이, 다 같이 보조사인데도 '도'와 '이'의 다름으로 인해, 의미의 자리가 타진된다. 시인은 문장도, 글도, 실상은 마찬가지라고 언급한다. "않았으나"-"있었는데"처럼, 음운이나 음절이, 서로 대립하며, 긴장-대립의 상태에서 발생하는 차이와 변별적 가치가, 바로 의미 생성의 주요한 경로이며, 어쩌면 문장의 목줄을 자체를 쥐고 있는 것이다. 시인은 이를 "노배우"를 알아가고, 그의 삶-존재를 탐구하는 데 있어 남아 있는 또 하나의 "풀리지      않는 의문"이라고 말한다. 의미의 자리, 의미의 터전을 마련하는 일, 그것은 우연의 옷을 입은 문장들의 행방과 배치와 조직에 달려 있으며, 여기서 홀로

가는 낱말이나 음소, 문장은 없다. 마찬가지로 '무엇'을 이
야기하는가는 전적으로 '어떻게' 이야기하는가에 의해 결
정된다.

> 그는 양말을 벗어 두고 잠들었다.
> 나는 양말을 벗어 두고 잠들었다.

> 두 문장 사이를 헤매고 있었다.

> 좁다고 하기엔 애매한 공간이었다. 복도로 창이 난 방이었
> 다. 볕이 들지 않았고. 눅눅했다. 첫 번째 문장을 따라 이야기
> 의 방으로 옮겨 갈 수 있다. 두 번째 문장을 고른다면 나는 조
> 금 더 밀착된다.
> ──「참외의 시간」에서

어떤 문장을 선택하면 또 다른 문장을 잃게 된다. '주어'
의 운명, 그것이 바로 글쓰기의 운명이다. 어디서든, 어떤
형태로든, 분절의 과정을 통과하지 않고 전제할 수 있는 발
화가 존재할 수 없는 것과 마찬가지로(왜냐하면, 두 음절을
동시에 발음하여 구사되는 언어는 없으므로), 두 문장-두 주어
를 동시에 실현할 수는 있는 방법은 그 어디에도 없다. 말
은 항상 불가피한 선택 속에서 놓인 말이고 언어인 것이다.
시인은 첫 번째 문장을 선택하여 "그"를 따라가면 '이야기'

가 펼쳐지며, 반면 "두 번째 문장"을 골라 "그를 남겨 두고 내 방으로 건너오면", '그'의 이야기와는 전혀 다른 나의 "고백"의 문이 열린다고 말한다. "그"와 "나"처럼, 고작 주어 하나가 다를 뿐, 나머지 구성 요소가 같지만 "이야기와 고백 중 무엇을 좋아하는지"가 결정되며, 이에 따라 "도착하는 방이 달라"진다. 이렇듯, 무엇을 선택하건, 하나를 잃고 마는 말, 글쓰기의 순간은 그 자체로 패러독스의 산물이다. "그는 양말을 벗어 두었고, 그뿐만 아니라 셔츠도 벗어 두었고, 주름이 많은 검정 바지도 벗어 두었다." vs "나는 양말을 벗어 두었고, 그뿐만 아니라 셔츠도 벗어 두었고, 주름이 많은 검정 바지도 벗어 두었다."처럼, 글쓰기가 갖는 선택의 일회성, 주어의 양립할 수 없음은, 마치 풀리지 않는-풀릴 수 없는 패러독스와도 같다. 시인은 이를 두고 "두 문장 사이를 헤매고 있었다"라고 말하며, 이 패러독스의 명제를 시인은 시의 이어지는 부분에서 다음과 같이 제시한다.

이런 이야기가 있다.

목적지를 거짓으로만 말하기로 약속한 두 남자가 있었다. 어느 날 한 남자는 다른 남자를 속이려고 자신의 목적지를 정직하게 말했다. 그 의도를 간파한 다른 남자는 곧 이렇게 외쳤다. "너는 왜 암스테르담으로 가면서 암스테르담으로 간다고 말하는 거지?"

꼭 두 남자의 이야기일 필요가 있을까?

자신들만의 암호로 모든 것을 반대로 말하기로 한 남녀가 있었다. 그들은 배가 고플 땐 배가 부르다고, 감기가 걸렸을 땐 감기가 나았다고, 마음이 아플 땐 행복하다고 말했다. 어느 날 남자는 자신이 더 이상 여자를 사랑하지 않는다는 것을, 이 모든 장난을 끝내고 싶어졌다는 것을 깨달았다. 남자가 더 이상 여자를 사랑하지 않는다고 말하자, 여자는 이렇게 대답 한다. "너는 왜 나를 사랑하지 않으면서 나를 사랑하지 않는 다고 말하는 거야?"

—「참외의 시간」에서


"목적지를 거짓으로만 말하기로 약속한 두 남자"와 "모 든 것을 반대로 말하기로 한 남녀"는 패러독스의 유형으로 "두 문장 사이를 헤매고 있"는 대표적인 예라고 하겠다. "한 남자가 다른 남자를 속이려고 자신의 목적지를 정직하게 말했다" 같은 문장을 한번 보자. "정직하게 말했다"는 "거 짓으로만 말하기로" 한 애초의 약속에 위배되므로 '거짓'이 다. 다시 말해, 이 남자는 어떤 말을 한다 해도, 정직하게 말하면, 애초의 "거짓으로만 말하기로 약속"을 위반하게 되 며, 논리적으로 그의 말은 그 자체로 거짓으로 귀결된다. 그러나 거짓으로 귀결된 그의 말은, 한편으로는, 애초의 약 속, 즉 '모든 것을 거짓으로 말하기'로 한 약속을 지킨 것이 므로 결국에는 '참'이다. 반대로 말하기로 약속한 남녀 역시 동일한 패러독스 속에 놓는다. 장난에 싫증을 느낀 남자는 결국에는 여자에게 '나는 더 이상 너를 사랑하지 않는다'라고 말한다. 반대로 말하기로 약속한 남자의 이 말은 그렇다면 참인가 거짓인가? 어떻게 하나의 문장이 참이 되고 또 동시에 거짓이 되는가?

에피메니데스: 모든 크레타인은 거짓말쟁이다.*

에피메니스테스는 크레타인이다. 그가 한 "모든 크레타인은 거짓말쟁이다."는 진실인가? 진실이라고 한다면, '모든 크레타인은 거짓말쟁이'다. 그러나 에피메니테스도 크레타인이다. 따라서 그가 한 "모든 크레타인은 거짓말쟁이다."라는 말은 거짓이다. 그러나 과연 에피메니테스는 거짓말을 한 것일까? 그가 거짓말을 했다고 가정했을 경우, 크레타인들은 모두 거짓말쟁이가 아니며, 이렇게 에피메니데스가 한 말은 결국 참이 되고 만다. 어느 경우를 가정하더라도 명제는 참과 거짓, 둘 중 하나로 판명되지 않는데, 이는 명제자체가 '스스로를 부정하는 문장'이기 때문이다. 시인은 이 패러독스를 한결 더 복잡한 수준으로 끌어올린다. "너는 왜 암스테르담으로 가면서 암스테르담으로 간다고 말하는

*마틴 가드너, 『이야기 파라독스』(김용운 감수, 이충호 옮김), 사계절, 2003, 15쪽.

거지?"를 보자. '너'는 암스테르담에 가는가? 가지 않는가? "너는 왜 나를 사랑하지 않으면서 나를 사랑하지 않는다고 말하는 거야?"도 보자. 너는 그녀를 사랑하는가? 그녀를 사랑하지 않는가? 이 의문문에서 참-거짓의 판별 가능성은 성립하지 않는다. "모든 크레타인은 거짓말쟁이다."와 마찬가지로, 증명할 수 없이 무한으로 늘어나는 거짓과 참의 굴레에 빠지게 되기 때문이다. 이게 끝이 아니다. "암스테르담으로 가면서"와 "사랑하지 않으면서"처럼, '만약'(if)이라는 연결어를 사용한 복합 명제를 다른 연결어, '아닌'(not)이나 '또는'(or)을 사용한 명제로 바꾸어 표현했을 때(이 경우, 본래 명제의 진리 값에는 아무런 변화가 일어나지 않는다.)도 고려해야 한다고 시인은 말한다. 암스테르담은 참인 목적지나 거짓인 목적지가 아니라, 결국 n의 차원으로 늘어나는 거짓-참의 부정의 부정의 부정(⋯⋯)이며, 여자의 의문문에서도, 저 반대로 말하기의 수행 여부에 따라, 참과 거짓의 선택 가능성은 무한 곱절로 늘어난다. 게다가 두 가지 경우 모두, 의문문 자체도 '부정'(거짓말-반대)이어야 한다는 조건을 헤아려 따져봐야 하는 '복합 진술'로 되어 있다. 확정문의 참은 의문문에서는 자주 거짓이 되기 때문이다. 두 문장 사이를 충분히 헤매고 있다.

## 이원론의 세계, 방식의 고안

다른 호박들과 비슷한, 그러나

노랗고 무거운 나만의 호박을.

—「그러나 노랗고 무거운」에서

"두 문장 사이를 헤매고 있다"의 패러독스는 사건이 실재하는 것이 아니라, 말하는 방식 안에서 구성되고, 재현되고, 해체되는 결과물일 뿐이라는 사실을 드러낸다. 글쓰기의 방식은 사유의 방식과도 밀접히 관련된다. 조직된 사고에 감정을 입히는 것도, 수많은 자아를 꺼내는 일도, 글쓰기의 방식에 의해 결정된다.

토머스에게, 미셸이 말했다.

"버찌를 든 너구리가 담장을 타 넘고 있어. 나는 이제 너구리가 넘어간 담장 앞에 서 있다. 흰 페인트가 담긴 양철통을 들고. 나는 어떤 말부터 지워야 할지 알 수 없다. 그러나 너는 떠내려가지 않겠구나. 너구리는 언젠가 다시 담장으로 돌아올 것이다. 그러니 너는 먼 먼 길을 걸을 필요가 없겠지. 발을 세게 구를 필요도 없을 거야. 나는 이제 발을 세게 구르지 않는다. 부드러운 페인트에 브러시를 적신다. 내가 꺼내지 않은 말들이 발 아래로 뚝뚝 떨어지고 있다. 나는 여기서 생각을 더 이어 가야 한다는 것을 알고 있지만 그것을 생각하는 도중에 그것은 점점 사라지고 있다. 너는 멀리서 젖은 톱밥을 뿌리며 내게로 걸어오고 있다. 그러나 내 물병은 비었고, 나는 그냥 여기 서서, 담장 가득 흰 페인트칠을 하고 있을 것이다."

"너구리가 우리 옆을 지나갔어."

흰 담장 앞에서, 토머스가 말했다.

— 「이원론적 세계」에서

미셸은 프랑스 철학자일 확률이 높다. 그가 영국 철학자일 확률이 높은 토머스에게 하는 말은 '순간-지금-여기'의 포착과 그 보존에 관련된다. 너구리가 담장을 타 넘고 '있다'. 행위는 순간에 현존한다. 나도 있다. 그걸 지켜보고 있으므로. 너구리가 없어진 담장 바로 앞에. 즉 코앞에 나는 있다. 너구리가 사라졌으므로, 그전에 내가 한 말, 즉 "버찌를 든 너구리가 담장을 타 넘고 있어"의 "너구리"는 이제 없다. 마찬가지로 이 사실을 방금 발화한 "너구리가 넘어간 담장 앞에 서 있"던 나는, 바로 이 방금의 발화 시점에서는 더는 없는 존재이다. 따라서 둘 다 없는 존재가 되었다. '없다'는 사실에 관련되는 지금-여기의 나를, 시인은 "어떤 말부터 지워야 할지 알 수 없다"라고 밀해 두었다. 여기까지가 그러니까 '사실'이다. 본 것, 존재했던 것, 있었던 것은, '방금-아까-이제-막', 실현되고 곧 사라져 버렸기 때문이다. 이제부터는 "내려가지 않겠구나"-"돌아올 것이다"-"필요가 없겠지"-"필요도 없을 거야"처럼, 예측, 추정, 짐작, 바람 등, 주관성이 적게 적재되었다고 할 수 없는 발화가 축축하게 이어질 뿐이다. 그 예측과 추정은 대부분 옳았고("나는 이제 발을 세게 구르지 않는다") 이어서 나는 새로운 행위에 착수한다.("부드러운 페인트에 브러시를 적신다") 이미 했던 말들을 모두 지웠다. '존재'도 지워졌다. 따라서 '있음'도 지워졌다. 존재의 있음이나 순간의 행위를 나타낼 수 있는 것은 오로지 언어밖에 없기 때문이다. "브러시"를 쥔손에는 새로운 말이 달려 있다. 이 경우, 말은 방금 사라진, 방금 마친, 방금 확인한 '있음'-'행위'의 종결의 백지 위로, 그 "벽" 위로, 새로 칠하는 말이다. 그런데 과연 새로 칠할 수 있을까? '새로 칠한다'는 '생각'이 먼저인가? 말이 우선하는가? 생각은 또 다른 생각을 낳는다. 말은 사실, 이 생각의 속도를 따라가지 못한다. 생각과 말이 동시에 지연된다. 그 사이, 내 생각과 말의 대상, '있음'을 종결했던 타자가, 다시 내 앞에 '있다'. 그는 걸어오고 "있다". 할 수도 있었던 행위, 생각, 말 등은, 아직 실현되지 않았으나, 이제부터 실현되었을 수도 있을 영역, 즉 전(前)미래의 시제에서만 가능한 무엇이 된다. 하나의 현상에 대한 이와 같은 복잡한 설명을 가만히 들으며, 옆에 있던 토머스는, 아무것도 없는 "흰 담장 앞에서" 이 사태를 "너구리가 우리 옆을 지나갔어"라고 간단하게 말해 버린다. 이 이원론의 세계는 무엇인가? 발생한 사건을, 오로지 말과 생각의 추이를 따라 재구성하고 해체하는(말이 우선인가, 생각이 우선인가?) 프랑스 철학자의 관념론과 담장으로 넘어가는 너구리를 관찰하고 그 관찰 결과를 토대로 "이제 너구리가 넘어간 담장 앞에 서 있다"는 주장을 펼치며, 나아가 그 과정을 지켜본 내가 "있다"는 사실을 경험적으로 증명하는, 영국 철학자의 실증론이 서로 대립한다. 이원론의 세계, 저 관점의 차이가 우선하는가? 아니면 글쓰기의 방식에 따라 이원론의 세계가 실현되는가.

그가 처음 나무 인간을 만난 건 중국의 어느 호텔 방에서
그가 혼자 있을 때였다
그다음은 한강의 공원 잔디밭에서였고
그다음은 남자들이 주먹다짐을 하는 술집 문 앞이었다
그다음은 자취방의 침대 위
그다음은 롯데 백화점 4층 남성 의류 코너에서였고
그다음은 이니스프리에서
그다음은 자취방의 침대 위
그다음은 자취방의 침대 위
그다음은 영화 「쥐잡이」를 보고 난 후 영화관 밖에서
그는 그깃을 기억하는데, 왜냐면,
나무 인간이 "이 영화 정말 좋지 않아요? 아이가 감아 놓

은 흰 커튼이 혼자 스르륵 풀리는 장면에서 나도 모르게

　　잎사귀를 떨어뜨렸어요." 하고 말을 걸어왔기 때문이고

　　그다음은 서울숲 근처의 아파트 단지에서

　　그다음은 담양 시내

　　그다음은 시골에 있는 작은 박물관 후문 으슥한 곳이었고

　　그다음은 석류나무 옆

　　그다음은 친구 집의 안락한 자주색 소파에서

　　그다음은 자취방의 침대 위

　　그다음은 자취방의 침대 위…… 그것이

　　마지막이었다; 나무 인간이 떠난 뒤로 그가 처음 한 일은

　　나무 인간을 생각하며 자취방의 침대 위에 누워 있기였고

　　그다음은 의자에 앉아 있기

　　그다음은 물 마시기

　　그다음은 영화 「성냥 공장 소녀」를 보고 감상문 쓰기

　　그다음은 창문 쳐다보기

　　그다음은 나무 인간 생각하기

　　그다음은 돌멩이 줍기

　　……

　　그다음은 자신의 자주색 소파 위에서 물 마시기

　　그다음은 자신의 자주색 소파 위에서 물 마시기

　　그다음은 자신의 자주색 소파 위에서 물 마시기

　　였다

　　　　　　　　　—「나무 인간을 만난 영화 애호가의 일생」

시의 구조는 시의 방법과 다르지 않다. "마지막이었다; 나무 인간이 떠난 뒤로 그가 처음 한 일은"에서 시는 절반으로 접히고, 거울처럼 서로 마주한다. 반두점-세미콜론(;)은 흔히, 선행 구문에 대한 뒤의 그것의 독립적인 표현이자 논리적 구분을 전제한다. 그러나 작품에서 반두점은 쉼표보다 중한 휴지를 새기며, 병렬의 단위를 조직한다. 목소리는 반두점 전후로 완전히 사라지는 대신, 오히려 "그가 처음 나무 인간을 만난 건"과 "그다음"/ "나무 인간이 떠난 뒤로 그가 처음 한 일"과 "그다음", 두 부분의 병렬을 구조화한다. 이를 우리는 병렬적, 혹은 '병행-전략적(paratactic)' 글쓰기의 실천이라고 부를 수 있겠다. 강보원의 시에서 자주 목격되는 이와 같은 병행적 글쓰기는, 독자에게 내용의 숙지나 굵직굵직한 줄거리의 파악을 유도하는 대신, "그다음"처럼, 쉼 없이 반복되는 동일한 구(句)나 절(節)들의 배치를 통해, 글 전체를 '부차적'-'문법적'-'위계적' 질서에서 해방하여, 독립적-자율적으로 변주되는, 고유한 구성을 실현한다. 반두점 앞과 전의 기술은, 마치 거울처럼, 서로 마주보며, 직진하는 글쓰기에 대항하여, 앞의 내용에 대한 부가 설명이나 부차적 열거를 물리친다. '장소'-'행위'는 "그다음"이라는 순서의 층위로 진행되며, 이러한 서술은 다소 간결한 주제 주위로 거의 무한으로 불어나는 변주를 이용해 선적으로 흐르는 시간을 무지르고, 순간과 순간을 포개어 사유하게 만드는 구조를 낳는다. 또한 이 구조는, 그 자체

186

로 죽은 것이 아니라, 병렬로 인해, 순간의 발화들, 그 포개어짐을 통해, 그러니까 '순간과 순간'의 반복을 통해 생명을 얻는다.

　그는 걸었다. 그는 방금 국민은행을 지나쳤고, 국민은행을 지나 이바돔감자탕을 지나 지하로 통하는 술집을 지나 족발보쌈집을 지나 걸었다. 그는 걸었는데, 건물 2층 코인 노래방을 지났고 스시정을 지나 베스킨라벤스를 지나 던킨도너츠를 지나 하나은행을 지났고 기업은행을 지나 걸었다. 그러니까 그는 꽤 번화한 거리를 걷고 있었다. 그는 계속 걸었다. 소울키친을 지나 커피빈을 지나 카페B를 지나 그 긴 코로 눈을 비비고 있는 파란 코끼리를 지나 주민 센터를 지나 무아국수……가 보이는 곳에서 그는 멈췄다.

　긴 코로 눈을 비비고 있는 파란 코끼리라고?
──「파란 코끼리」에서

　그는 걷는다. 그러나 직진하는 활보나 너른 곳으로 나아가는 행진은 아니다. 산책……이라기보다 주변을 계속 걷는다. "국민은행"-"이바돔감자탕"-"지하로 통하는 술집"-"족발보쌈집"-"2층 코인 노래방"-"스시정"-"베스킨라빈스"-"던킨도너츠"-"하나은행"-"기업은행" 등, 그는 "꽤 번화한 거리를 걷"는다. 계속 걸었다고 말한다. "소울치킨"-"커피빈"-"카페

B"-"그 긴 코로 눈을 비비고 있는 파란 코끼리"-"주민 센터"
-"무아국수"에서 멈추었다가 다시 눈을 돌린다. "긴 코로
눈을 비비고 있는 파란 코끼리라고?"

"카페B와 주민 센터 사이에서
코로 눈을 비비고 있"는 것은 아마
도 왼편에 지시한, IBK기업은행 안
암동 지점의 간판일 것이다. 시인
은 "이 긴 코로 눈을 비비는 파란
코끼리가 자신에게 무엇을 의미한
다고 생각할 수 없었다."라고 말한다. 계속해서 걷는 이야기
는 '의미의 생성'과 그 탐구 과정에 대한, 역시, 알레고리다.
길 위에서 걸으며 마주친 것은 지극히 평범한 것들, 상호-
이름을 갖는 장소-건물이며, 시에서는 걷는 것, 걷는 행위,
그 과정에서 만난 것들이며, '걷는다'를 구성하는 각각의
요소들이자, 서로 모여, '걷는다'의 체계를 이룬다. 언술의
체계 속 평범한 언어 요소들 역시, 발화되었을 때-기록되었
을 때, 비로소 의미 생산에 전부 동참한다. 이 '걷는다'의 체
계를 벗어난, 다시 말해, 걷는 행위를 직접 거치지 않는, 돌
연 튀어나와, 보기만 한 이미지, 지상의 위에 매달린 간판
이라는 '상징'은, 걷는 행위의 '의미 생산'에 동참하는 것은
아니다. 글쓰기의 방식과 의미 생산에 대한 이러한 고찰은
"가로수 하나를 지나치고"까지 적었을 즈음(「나무들」), 그러
니까 "이미 두셋의 가로수는 지나친 후", 그러다가 "가로수

둘을 지나치고'라고 적었을 때 실제로 그가 몇 그루의 가로수를 지나쳤는지 세어" 본 후에야 비로소 "여섯 그루의 가로수"가 의미를 지닌다고 말하는 것과도 궤를 달리하는 것은 아니다. 개별화의 과정, "다른 호박들과 비슷한, 그러나/노랗고 무거운 나만의 호박"(「그러나 노랗고 무거운」)을 갖는 일, "결국에는 모든 나무가 다 똑같아 보이고, 모든 나무가 다 똑같아 보인다"(「평화연립주택 입주자를 위한 안내서」)고 해도, "나무의 변별적인 특성"을 헤아려 보는 일.

## 의문, 물음, 마치 ~인 것처럼

이렇게 계속 내려가다 보면
바다 밑에는 뭐가
있을까?
(나는 어느 순간에
별이 보일까 봐 무서웠다)
─「잠수함 (혹은 우주선)을 탄 함장의 일생」에서

의미를 걸머쥐는 일, 사물에 의미를 부여하는 일, 그리고 그 어려움. 의문은 세상에 편재하고, 물음은 도처에서 발생한다.

봐 봐. 잠수함에 타기로 한 거 잘한 거 맞지? 그래 맞아. 우리 바다 깊숙이 들어가고 있는 거 맞지? 그래 맞아. 그런데 왜 우주로 가고 있는 거 같지, 이거 우주선인가? 아니 잠수함 맞아. 아니 아니 이거 우주선 아냐? 아니 아니 잠수함 맞아. 아니 아니 아니 진짜 이거 우주선 아냐? 아니 아니 아니 이거 잠수함이라니까. 그럼 바나나 샐러드 좀 먹고 오자. 샤워 좀 하고 오자. 그런데 이거 바다 밑으로 가는 거 맞아? 아니 왜 물고기가 없어. 아니 아니 아니…… 우리는 옷을 갈아입는다. 사물함이 붙어 있어서 옷을 갈아입을 때 함장은 내 침대에 걸터앉아야 한다. 함장님. 저도 마취제가 필요해요.

있겠지.

—「비품 보관 요령」에서

함장과 나, 우리는 잠수함을 타고 있으며, 서로 끊임없이 묻는다. 아니다. "함장은 불안해서 자꾸 같은 걸 물었"다. 잠수함에 함께 탄 우리는, 그러나 그것이 잠수함인지, 확신하지 못한다. 우리가 어디에 있는지, 타고 있는 것이, 바다 저 아래로 내려가고 있는 잠수함인지, 반대로 하늘로 올라갈 우주선인지, 알지 못하여, '맞나'와 '아닌가'의 변주 속에서, 끝나지 않는 의심의 대화가 이어질 뿐이다. 계속해서 물을 수밖에 없는 구조, 부정을 거듭하고 의심을 거두어들일 수 없는 둘은 "마취제가 필요"하다. "있겠지"는 확정할 수 없는 상태를 알리는, 무언가에 대한, 짐작, 추정, 바람,

당연, 두려움을 포함한, 즉 '그럴 것이다'의 표현이다. 다시 말해, 오로지 그와 같은 발화로만 지금의 여기, 둘이 있는 곳, 하고 있는 행위, 보고 있는 것을 표현할 수밖에 없다는 전언이다. 나머지 부분을 읽는다.

> 물고기들 산호들 바다 돌멩이들 미끄러지는
> 오징어 두 마리…… 투명하다. 속이 다 보이는데
> 흐느적거리면서
> 춤추는 것 같아.
> 오징어 맞나 아니 오징어가 아닌가 오징어인가.
> 마치
> "우주선 같아."
>
> ──「비품 보관 요령」에서

모든 것은 '마치 ~인 것처럼'으로만 인식된다. 그렇다면 이는 허구인가? 그렇지 않다. 허구의 가능성을 내포한, '아마도'와 '만약'의 세계에서만 존재하는 무엇이다. 무언가를 확신하거나 특정할 수 없는 상태에서 "마취"된 둘은, 이내 '마치'의 세계로 미끄러진다. 오로지 '마치 ~인 것 같은' 상태로만 재현되고 인식되는, 불확실-불가능-불확정의 세계가 펼쳐진다. 진(眞)이거나 위(僞)일 수 없는 발화의 연속, 이 둘 중, 어느 하나에 속할 수 없는 상태의 발화, 마치 ~인 것처럼, 재현될 뿐인 시뮬라크르의 세계는, 부정과 의심, 의혹과 '마취-마치'로 가득 채워질 뿐인 세계이며, '만약'와 '아마도'의 세계에 거주하는 아직 실현되지 않은 발화들, 불확정성의 축포와 같은 대화의 타래를 우리는 목격한다. 여기-지금, "바보 함장 바보 선원"은 이렇게 "꼭 둘이 같이 움직이자고 해서" "잠수함에 타기로 한 거 잘한 거 맞지?"라고, 자신의 행위와 결정을 일치시키지 못할 때조차, 오로지 타자에게 자아의 불안정성을 의탁하고 확인하려 시도하지만, 이 또한 "그래 맞아. 그런데 왜 우주로 가고 있는 거 같지, 이거 우주선인가?"라고 반복할 뿐이다. 우주선인가? 잠수함인가? 우주선이 아니라, 우주선인 것 같다. 잠수함이 아니라, 잠수함인 것 같다. 오징어는 춤을 추고 있는가, 아니다. 오로지 "춤추는 것 같아."라는 말로서만 형용되고 감지되고 존재할 뿐이다. "이런 것들"이 파편적으로 배열되는 세계는, 그러니까 "바보 함장 바보 선원 속옷들과 세면 바구니/ 싱크대 샐러드용 칼"이 나열된 세계, 질서-결속-믿음의 결여 상태에서 "또 바닥으로 가는 잠수함"이 만나게 되는, '아니'와 '맞아'의 끊임없이 헛돌며 미끄러지는 둘의 대화 속, 자아의 파편일 뿐이다.

　　너는 거위 두 마리를 데리고 다닌다 너는 거위 소녀다 거위는 희고 부드럽고 누르면 꾹 들어간다
　　이상한 소리로 울었다 네가 웃는 소리는 기의 우는 소리처럼 들린다 너는 거의 소녀다 너는 그렇게 생각한다

거의 그렇다고, 아니면

거의 그럴 뻔했다고

너는 밤이 폭신한 흰 털같이 깔린 부엌에서

두부를 데치고 나물을 무치지만

박하 향처럼

머릿속은 알싸하고 콕콕 찌르는 것들로 가득하다

그러니까

너를 거위로부터, 거위를 너로부터 해방시켜 줄 수 있었던


거의 그럴 뻔했던 것들의 목록:

— 너는 머리를 두 갈래로 땋은 적이 있다

— 너는 돈키호테를 베껴 쓴 적이 있다

— 너는 짓무른 딸기 때문에 화를 낸 적이 있다

— 너는 탈무드를 읽다 궁금한 적이 있다; 누가 두 아이를 굴뚝으로 데려갔을까?

—「거위 소녀」에서


"거위 두 마리를 데리고 다"니는 "거위 소녀", "네가 웃는 소리는 거의 우는 소리처럼 들린다"고 말한다. "거의 소녀"는 '마치 무엇처럼'의 소녀다. '거의'의 세계는 무엇인가? "거의 그렇다고, 아니면/ 거의 그럴 뻔했다고"할 수 있는 세계다. 이 가능성의 세계, 그러나 실현되지 않았던 불가능성의 세계, 그러나 네가 데리고 다니는 거위 두 마리, 그

러니까 "너를 거위로부터, 거위를 너로부터 해방시켜 줄 수 있었던" 세계이다. 생활, 삶, 일상에 묻혀 있는, 거의 할 뻔했던 것들, '거위'에서 불려 나와 '거의'의 세계에서 실현될 수도 있었던 것들, "거의 연애일 뻔했던 연애"를, "거의 마음일 뻔했던 마음"을 꺼낼 수도 있는 순간은, 네가 데리고 다니는 '거위'(생활에서 해야 하는 것들, 붙잡고 있는 것들)에서 '거의'(할 수도 있었던 다른 것들과 그 마음과 행위와 과거의 것들)의 새롭게 갱신되는 목록을 꺼내 드는 순간이다.

'그럴 모양'이다, '마치 그런 느낌'이다, 로 정의되는 세계. 체온을 재는 앰뷸런스 속의 기계가 "아무 몸에도 연결되지 않고 허공의 온도를 재고 있는 모양"(「잘 만져 본 내일」)이라고, "마치 그런 이상함처럼, 나는 그저 뭔가 넘친다는 느낌이, 우리가 상상 속에서 끊임없이 부수고 있는 작은 크래커가 있"(「심야 공사」)다고 시인은 말한다. '진'이나 '위'의 기술이 아니며, 사실-확정적 발화가 아니다. '그럴 것이다', 즉 짐작-추정의 또 다른 표현이다. 앰뷸런스를 타고 돌아오는 현실은 "출발할 때와 마찬가지로 구름 없는 밤. 푹푹 찌는 여름"(「잘 만져 본 내일」)이다. "검게 굳은 몸과 차와 마음들"은 꼭꼭 닫힌 서랍 같은 곳에 담아두어야 한다고, 그러려면 "더 많은 창고/ 더 많은 다락방/ 그리고 훨씬 더 많은 장롱들이/ 필요할/ 것/ 같았다."라고 말한다. '필요하다'가 아니라 그럴 것 '같았다'다. 시인은 마음을 이렇게 갠다. 펼치는 대신 그냥 개어 넣는다. 그런 마음을 넣어 둘 곳이 필요하다. 그러나 '필요하다'는 바로 이 사실, 이 사실은 오로지 '~와 같았다', '~할 것 같았다'라는 표현에 힘입어 가능성을 타진하나, 그마저 실현 가능성을 누락한다. 필요할 것 같았다는 표현은, 소망, 바람, 요청 등을 소환하는 만큼, 정확히 그럴 것 '같았다'를 거기에 결부시켜, 미래로 저 수많은 필요들을 현실에서 유보하거나 밀어내면서, 현실에서 갖추어져야 할 필요의 가능성을, "내일을 만져 본 당신"에게, 즉 불가능성에 위탁한다. "감기와 먼지와 미래와 습기에 시달리느라 정신이 없"(「이 책이 더 많이 대출되기를 바랍니다」)는 책의 서문에는 "시를 잘 쓰는 방법"이 적혀 있다. "상상 속에서 끊임없이 부수고 있는 작은 크래커" 가루와 같은 이야기, 잠들지 못하는 애인에게 끝날 줄 모르는 이야기를 풀어놓을 뿐이다. 이 '상상'은 구축하는 미래의 집이 아니며, 부수어지는 크래커의 문법 속에서, 무언가를 하게 한, 사역(使役)의 말들로 지어진다.

> 나쁜 도시는…… 기관지를 안 좋게 하고 싸구려
> 커피숍의 단골이 되게 한다……
> ……나쁜 도시는 뒷골목에 침을 뱉게 하고 때때로 열을
> 오르게 한다
> 자주 얻어맞은 것처럼 멍해지게 하고 몸에서 으깨진
> 은행 냄새가 나게 한다
> ———「무덥고 춥고 밝은(혼잣말)」에서

알맞은 스핀과 적절한 구속이란 건…… 멀고 잔디밭은
끝나지도 사라지지도 않고 열심 말고 다른 걸 알기엔

머리를 못 쓴다 있는 힘껏
쟁이질을 하고 흰 울타리를 치고 맨날 울고
밥은 매일 똑같고
틈만 나면 분무기로 잡풀에 제초제를 뿌려 보지만
잔디만 다 죽이고
집 앞 아스팔트 밑바닥에 얼굴을
한 장
한 장 쌓아 올리다가
(……)

1점: 너무 열심히 하셨습니다
2점: 너무 열심히 하셨습니다
3점: 너무 열심히 하셨습니다
4점: 당신은 정말이지 너무 열심히 하셨습니다
5점: 당신은……

이제 그만하셔도 되겠습니다

그만하지도 못하고
──「유령들의 밤 당구」에서

"나쁜 도시"는 무언가를 '하게 하고', '하게 만들고', '하게 해서 지치게 하는' 행위의 주인이다. 녹색 푸른 잔디는 당구대 위에 펼쳐진 시트가 된다. 그 위에서 사람들은 열심히 공을 굴린다. "알맞은 스핀과 적절한 구속"은 고수들의 몫이다. 그러니까 이런 것들은 "멀고", 푸른 잔디밭은 드넓고 "끝나지도 사라지지도 않"는다. 그러나 "열심 말고 다른 걸 알"지 못한다. 그만해도 된다고 말하는 정중한 부탁을 듣는다. "물론 밤은 길고 베갯잇이 젖고 서투른 마쎄이에 녹색/ 이마가 찢겨도 내일 밤은 오고 웃"을 것이다. 그러나/ 그럼에도 그만하지 못한다. 그러나/ 그런데도 "여전히 하루가 똑같"(「동물들」)다. 아마도-거의 똑같을 것이다. "어떤 판본에서도 소년이 집에 돌아가지 못한다"(「러시아 동화」)는 사실과 "이제부터는 아무것도 돌이킬 수가 없을 것"(「포도나무 기르기 수업」)이라는 사실을 안다. "집도 있고 집에는 침대도 있고 침대는 푹신푹신한데 물건들을 한쪽으로 치"(「짙은 안개가 긴 밤의 숲」)운다. 청소하고 정리한다. 미래도 치워 버려야 한다. 그런데 푹신한 침대가 있는 집과 녹색 텐트는 사실 어느 것이 어느 것에 속해 있는지 구별이 가능하지 않다. 집은 그러니까 가상의 집, "돌아갈 방법이 없"는 집, 미래의 집 같은 것이다. "미래"는 "그릇, 종이컵, 비디오 테이프, 검게 탄 냄비"와 "청소 도구, 고무지우개"와 함께 "텐트 안에 꽉 들어찬 물건들"에 속한 것처럼 '배열'될 뿐이다.

| 품 목 | 금 액 |
|---|---|
| 해파리 반짝임 전기세 | 19,800원 |
| 진흙 냄새 | 2,000원 |
| 시동이 잘 안 걸리는 검은 승용차 | 68,000원 |
| 소원 수리용 메모지 | 94,000원 |
| 전우주신학대학교 학자금 대출 이자 | 117,000원 |
| 구름 여러 묶음 | 3,500원 |
| 꽃 | 1,500원 |
| 맥주 | 10,000원 |
| 『초보 신들도 영혼을 만들 수 있다』 | 42,000원 |
| 물리 법칙 세트 | 2,300원 |
| 멋진 망토 | 6,000원 |
| 만능 연필(불량 없음) | 9,700원 |

합    계  375,800원

결 제 액  375,800원

그리고 그 위에 빨간 색연필로 낙서가 되어 있다:

*적자, 적자, 다음 달엔 꼭……*

—「지구에 사는 어떤 신의 영수증」에서

스크램블드 에그가 거의 준비되었습니다 우리는 답을 알고 있지만 결코 말하지 않을 것입니다 우리의 식사법, 그중 하나는 죽어도 우리가 누구인지 말하지 않는다는 것입니다 1:2:2의 비율로 침묵 항복 항복 점잖음 점잖음을 반복합니다 그런 식탁에 대해서……

—「코끼리식 식사법」에서

오규원의 시 「프란츠 카프카」*가 문학과 철학의 가치가 상품화되고 있는 것을 메뉴판이라는 형식을 취해와 패러디하고 있다면, 강보원의 시는 영수증, 즉 가격을 지불하고 난 것, 그리고 측정이 가능하지 않고 좀처럼 값을 매길 수 없는 것들의 가격표를 제시한다. "진흙 냄새", "해파리 반짝임 전기세", "시동이 잘 안 걸리는 검은 승용차", "소원 수리용 메모지", "전우주신학대학교 학자금 대출 이자", "구름 여러 묶음" 등이다. 그런데 지구에 사는 이 신이 지불하고 얻은 이 영수증 위에는 "빨간 색연필"로 *적자, 적자, 다음 달엔 꼭……*"이라고 적혀 있다. '적자(赤字)' 즉 지출이 수입보다 많아 생긴 결손액을 뜻하며, 그래서 장부에 기록할

---

* 오규원, 「프란츠 카프카」, 『가끔은 주목받는 생이고 싶다』(문학과지성사, 1994)

때 붉은 글자로 써넣은 데서 유래한 이 말을 "빨간 색연필"이라는 말로 적어 보충한다. 지구에 사는 신은 항상 적자이다. 이러한 사실을 기록하자고, 적자, 적자, 두 번 반복한다. 시는 항상 적자를 내는 적자, 즉 기록이다. 슬픔은 감정을 풀어놓은 방식으로, 감정의 동요나 과장, 슬퍼야 한다는 정서의 움직임을 통해 기술되지 않는다. 그것은 '거의 그럴 뻔한'과 '마치 ~인 것처럼'과 '아마도'와 '하게 한다'와 '아니, 아니, 아니'와 "거의 모든 참외들이 가지고 있는 것. 파문을 남기고 사라지는 것. 참외에 걸맞은 질문들과 우리 각자가 쥐고 있는 참외들 사이"(「참외의 시간」)에 고여 있다. 슬픔을 쓸고, 정리하고, 청소하며, 시인은 "두툼한 검은 노트에 문장을 적기 시작한다". 그리고 "나는 그 문장들이 녹슬거나 녹아 가는 것을 본다."라고 말한다. 미래는 바로 이 녹슬거나 녹아 가는 문장들처럼 오래도록 메말라 있다.

그때도 나는 슬픈 이야기를 하고 있었지 그때 네 앞치마의 줄무늬 패턴, 손목으로 땀을 닦아낼 때 드러나던 흰 이마, 빛을 많이 진 남자에 대한 이야기를 계속 하니까 닥치고 크로와상이나 먹어, 처음 말하던 순간도 다 기억나는데 나는 일그러진 하늘로부터 일그러지지 않은 하늘 아래로 내쫓긴 거야 내가 알고 있던 슬픈 이야기도 다 떨어졌고 이제 나는 좋은 사람으로 표상되지 않는 하늘과 구름과 함께 앞으로는 되도록 반복되는 인생을 살아야 한다 그게 너무 슬퍼서 엉엉 울었는

데 너는 울지 마, 울지 마, 닥치고 크로와상이나 먹어, 그 말만
하면서 밀대를 놓지도 못하고 나는 어쩔 수 없이 슬프지 않은

　　　　이야기를 시작해야 한다

　　　　　　　　　　　　　　　　─「제빵의 귀재」에서


　모든 시가, 글쓰기의 방법, 그 고안과 맞물려 있다. 비유
가 없는 시, "딸랑거리는 방울이 없고"(「멜랑콜리 아이스크
림」), "새로운 상품이나 장식을 들여 놓지 않"는 시, 일체의
상징과 은유를 삼가는 시, 지성적인 시, 차갑고 맑은 눈으
로, 감정을 모두 드라이기로 말리듯 기술해나간 폭발적인
시, 어떻게-이렇게 '시였던 것', 그 통념, '시라는 인증과 그
굴레'의 말에서 벗어나, 고안하는 글을 쓸 수 있는 걸까?
허무에 고개를 묻어 버리지 않고, 감동의 참호를 파지도
않는 시, 이론의 잔을 높이 들어, 추상의 경배에 입을 맞추
거나, 그 방울방울을 교묘하게 흘리거나 방치하지도 않는
시, "비유가 없"(「훔쳐 쓰기로 결심하는 시」)으며, "시적 짜잔
도 없"는 시, 오로지 한 문장 한 문장, 기억과 생각을 배합
하고 덧붙여 내며, 이야기에서 뺄셈을 만들어 내는 시, 강
보원의 첫 시집에서는, 맑은 슬픔과 차가운 현기증, 저 순
간순간들이, 문장들의 반란 속에서, 새로운 고안 속에서,
끝없이 피어오른다.

지은이     강보원

1990년 서울에서 태어났다. 시와 평론 등의 글을 쓴다.
공저 『셋 이상이 모여』를 출간했다.

## 완벽한 개업 축하 시

1판 1쇄 펴냄 2021년 5월 17일
1판 3쇄 펴냄 2024년 7월 12일

지은이 강보원
발행인 박근섭, 박상준
펴낸곳 (주)민음사

출판등록 1966. 5.19. (제16-490호)
서울특별시 강남구 도산대로1길 62(신사동)
강남출판문화센터 5층 (06027)
대표전화 02-515-2000 / 팩시밀리 02-515-2007
www.minumsa.com

ISBN 978-89-374-0904-2 04810
      978-89-374-0802-1 (세트)

* 잘못 만들어진 책은 구입처에서 교환해 드립니다.

**민음의 시**
**목록**